커서 마스터
Cursor Master

커서 마스터 3

Cursor Master

초판 1쇄 인쇄일 2017년 6월 22일 | **초판 1쇄 발행일** 2017년 6월 27일

지은이 장성필 | **펴낸이** 곽동현 | **담당편집 팀장** 이범수
편집부 신연제 김예리 이윤아 홍현주 김유진 조서영 임소담 정요한

펴낸곳 (주) 조은세상 | 출판등록 제 2002-23호
주소 경기도 연천군 미산면 청정로 1355
TEL 편집부 02)587-2966 | FAX 02)587-2922
e-mail bukdu@comics21c.co.kr

ISBN 979-11-6171-011-2 | ISBN 979-11-6171-008-2(set) | 값 8,000원

장성필 현대판타지 장편소설 NEO MODERN FANTASY STORY

3

커서 마스터

Cursor Master

CONTENTS

커서 마스터

Cursor Master

커서 마스터

Cursor Master

1. 몬스터 몰고 나간다 (2)

커서 마스터

Cursor Master

1. 몬스터 몰고 나간다 (2)

"요즘 왜 이렇게 얼굴 보기 힘들어? 취직했다더니 그렇게 바쁘냐?"

유정상을 보자마자 오랜만에 찾아온 친구 박병석이 폭풍 잔소리를 시전 했다.

하지만 그것도 잠시 유정상의 새로운 집을 둘러보느라 정신이 없었다.

"그나저나 이 집 진짜 대박이다. 드라마에나 나올 법한 일이 진짜 실제로도 일어나긴 하는가봐."

박병석이 놀랍다는 듯 거실의 천장과 창문 등 이것저것을 둘러보며 계속 감탄하고 있었다. 하지만 유정상은 평소처럼 시큰둥한 반응이었다.

"그러게."

"그러게라니, 이게 남 이야기냐? 나라면 허구한 날 자랑하고 다닐 텐데."

"그러냐? 너도 언젠가 그런 날이 오겠지."

"쳇. 재미없는 녀석. 그나저나 누님은?"

녀석의 이야기는 기.승.전. 그리고 누나의 이야기로 끝나는 경우가 너무 많아 익숙해져 있었다.

"쓸데없는 소리 말고 오늘은 무슨 일로 찾아온 거야?"

"놀러 왔다! 놀러! 친구 집에 놀러 오지도 못하냐? 신분상승 했다고 벌써 박대하는 거야?"

"신분 상승 같은 소리하고 자빠졌어."

"쳇, 나도 누가 이런 집 안 구해주나? 우리 집 비좁아 죽겠는데."

"할 얘기 없으면 돌아가서 공부나 해. 너 이제 슬슬 취업 준비해야 하는 거 아니야?"

"아, 진짜! 그것 때문에 가뜩이나 심란해 죽겠구먼. 아 참, 너 그 얘기 들었냐?"

"무슨 얘기?"

또 무슨 시답잖은 이야기를 하려고 이러나 하는 표정을 하며 건성으로 물었다.

"거 있잖아. 강수호라고 고등학교 때 같은 반이었던 녀석 말이야."

"몰라."

유정상의 입장에서는 너무 오래전의 일이라 기억하는 게 쉽지 않았다. 그리고 굳이 그런 시시콜콜한 기억까지 힘들게 떠올리고 싶지도 않았고.

"너 정말 기억 상실증이냐? 우리끼리 어울리던 무리에서 만날 빵셔틀 하던 녀석 말이야. 정말 기억 안 나?"

생각해보니 그때의 자신이 그리 좋은 녀석은 아니었다는 사실을 기억해 냈다.

하지만 강수호는 정말 기억이 나지 않았다.

"모르겠다."

"나 참, 몇 년 되지도 않았구먼."

30년 정도면 오래된 거 맞다.

물론 현실에서는 3년 정도겠지만.

"아무튼, 그 녀석 고등학교 졸업하자마자 각성했었다더라."

"각성?"

"그래. 그런데 지금 그 녀석 8급이래. 그쪽에 나름 재능이 있었나봐. 그 덕분인지 얼마 전에 '빛의 날개' 길드에 스카우트되었다고 하더라고."

박병석이 침을 튀며 말했지만, 유정상으로서는 녀석을 기억하지도 못했고, 더군다나 '빛의 날개' 라는 길드도 알지 못했다. 애초에 최상위의 대형 길드 몇 개 말고는 아는 것도 없었다.

"그런데?"

어쨌든 고등학교 때 어울렸다고는 해도 거의 기억에도 없는 녀석일 뿐이었다.

"그런데 라니. 빛의 날개라고! 빛의 날개!"

"거기가 어딘데?"

"너 이 자식. 무식의 끝이 보이지 않는구먼. 세상과 소통 좀 하고 살아. 그런 주제에 길드엔 어떻게 취직한 거야?"

"길드라고 해봤자 난 마사지사일 뿐이야."

"그래도 그게 어디야? 우리 엄마가 너 엄청 잘 번다고 부럽다며 날 얼마나 닦달하는데."

유정상의 어머니와 박병석의 어머니는 꽤나 친한 사이였으니 당연히 녀석의 귀에 들어갔을 것이다.

"젠장. 될 놈은 어떻게 해도 되는 거냐? 이놈의 더러운 세상. 어쨌거나 엊그제 고교 동창 녀석을 만났는데 말이야, 강수호 그 자식 이번에 만석 11호 던전에 들어간다더라."

"만석 11호?"

"그 왜 있잖아. 공룡 던전이라고 불리는 곳 말이야. 던전이 거의 쥐라기 공원이래. 대형급 공룡들이 그렇게 우글거린다는 그곳."

이제야 기억이 났다.

쥐라기 던전이라고 불리던 독특한 던전.

미래에서도 꽤나 세계적인 관심을 많이 받던 던전이었다.

하지만 유정상의 표정에 변화가 없자 박병석이 미간을 잔뜩 찌푸렸다.

"……."

"아, 씨. 그것도 몰라?"

"……."

"이런 놈이 어떻게 길드에 취직한 거야? 쳇, 아무튼 그곳에 이번에 길드 멤버 30인이 투입하는데 그곳에 들었다더라고."

"그래 봐야 짐꾼이겠지."

"그래도 그게 어디야? 거기 던전이 무려 4성급이라고. 4성급. 6급 헌터들이 주축이 되고 간혹 5급들도 들어갈 때가 있다는 곳이란 말이야. 그런 곳에 녀석이 들어간다니 뭔가 죽이지 않냐?"

"어쩌면 진짜 죽을 수도 있지."

실제로 공룡 던전은 생각 이상으로 사고가 많은 곳이었다. 하지만 지금은 던전에 대한 정보가 부족한 시대였다.

"거 자식이 말을 해도. 아무튼 그 때문에 동창 녀석들 사이에서도 화제야."

하지만 유정상에겐 별 감흥 없는 이야기일 뿐이다.

어차피 4성급은 그도 요즘 들락거리는 던전일 뿐이니까.

그러나 박병석의 말을 듣고 곰곰이 생각해보니 늘 어울리던 녀석들 사이에 존재감 없던 그런 녀석이 있었던 것 같기도 했다.

그래서 일까 조금 신경 쓰이는 것도 사실이었다.

그때 어머니가 접시에 과일을 담아 거실로 가지고 나오셨다.

"과일 먹어라."

"감사합니다. 어머니. 점점 젊어지십니다."

"호호. 그러니?"

엄밀히 따지면 박병석에게는 후에 장모님이 될 사람이 아닌가? 미리미리 점수를 따두고 있는 것이다.

하지만 누나를 두고 죽어 버렸다는 기억을 떠올리자 갑자기 미간을 찌푸린 유정상이 퉁명스럽게 말했다.

"이야기 끝났으면 과일이나 먹고 얼른 집에 가서 공부나 해라."

"아우. 정말. 너까지 잔소리 할래? 그건 그렇고 말이야. 집 구경 좀 더 하면 안 되냐?"

"이제까지 실컷 해놓고 또 뭔 소리야?"

"아직 누님 방을 구경 못 했거든."

"이 새끼가 진짜!"

"악!"

✣ ❖ ✣

4성급 던전 만석 11호.

이름은 어디 만석꾼 같은 느낌이라 올드한 느낌이기는

하지만 실제론 박만석이라는 전설적인 헌터가 던전이 열리던 초창기에 혼자의 힘으로 클리어 한 나름 이름 있는 던전이었다.

박만석은 3급의 각성자로 현재 한국의 최강 헌터 중 한 명이다. 그리고 4대 길드 중 하나인 블랙호크의 길드장이기도 하다.

그가 길드를 창설하기 이전 혼자 55개의 던전을 클리어 하면서 유명인이 되었고, 덕분에 그의 명성이 외국에도 꽤나 알려지게 되었다.

아무튼 그가 11번째로 클리어 한 던전이다.

던전의 배경은 밀림지역.

후덥지근하며 습기가 많은 곳이라 일반인이라면 그 더위에 얼마 버티지도 못하고 금방 지쳐 쓰러지고 말 것이다.

그러나 던전을 들락거리는 사람들은 각성자.

압도적인 체력과 능력 덕분에 추위나 더위는 일반인에 비해 잘 버티는 편이다.

어쨌거나 이곳 만석 11호 던전의 경우 그동안 수많은 길드들이 거쳐 갔고, 그리고 그 유명세만큼이나 다른 던전과 다른 원시림 던전에서 나오는 수많은 부산물로 인해 인근 도시는 늘 사람들로 북새통을 이룬다.

아무래도 고대 지구의 배경이 되는 던전이다 보니 뼈의 경우엔 전 세계의 고대 생물학자들에게는 거의 성지나 다름없는 곳이기도 하다.

전 세계를 통틀어도 거의 없다시피 한 특별한 던전이라 그런지 외국 고생대 학계의 관심도 많이 받고 있어 헌터들이 구해오는 뼈나 가죽의 경우엔 그들이 주 구입 고객층이 되어버린 지 오래다.

사실 부산물의 경우는 일반 던전의 몬스터에 비해 질이 떨어졌지만 공룡 뼈라는 특별함 때문에 외국에서도 구입에 대한 수요가 높다보니 가격은 자연스레 높게 형성되어 있었다.

아무튼 이 특별한 던전의 경우엔 공룡이라는 특별한 몬스터로 인해 많은 주목을 받고 있었다.

이 만석 11호 던전에 중견길드 '빛의 날개' 팀원들이 찌는 듯한 더위의 고생대 원시림을 이동하고 있었다.

"씨발, 덥긴 정말 덥네."

팀원 중 한 명이 땀에 절은 상태로 투덜거리자 곁에 있던 동료가 실실 웃으며 말한다.

"그러니까 헌터 슈트는 좋은 걸로 구입하라니까. 500만원짜리 싸구려 슈트로 뭘 바라냐? 나처럼 각성자 대출이라도 받아서 좋은 슈트로 구입하라니까."

"니미, 그래도 1억짜리 슈트는 좀 오버지."

"천금 같은 이 몸을 보호해주는데 1억이 대수야? 돈만 더 있으면 독일제 '슈퍼스텍커 2017'을 사고 싶다니까."

"지랄, 5억짜리 슈트 살 돈 있으면 그냥 1,2성급의 던전이나 돌면서 편안히 살련다."

"킥킥. 너처럼 헌터 주제에 안정을 바라는 인간들은 그렇겠지."

"쉿. 잡담은 그만해."

앞에서 들려오는 리더의 음성에 모두 입을 다물었다.

대부분 7급으로 구성된 헌터들과 몇 명의 8급 햇병아리들도 이번 레이드에 경험 삼아 짐꾼으로 끼어있는 이 팀에 6급의 베테랑인 김현오가 이번 레이드의 팀장을 맡았다.

그리고 그가 손으로 지시를 내리자 모두 근처에 몸을 숨긴다.

"크르릉. 크르릉."

높이가 5미터는 되어 보이는 거대 육식 공룡이 곁을 지나쳐 간다.

외뿔 티라노.

붉은 외피에 거친 성격으로 유명하지만 굳이 잡아봐야 얻을 것이 별로 없는 놈이다.

마정석 정도가 나오면 다행이지만, 그나마도 잘 안 나오는데다가 뼈 말고는 별로 부산물이 필요도 없다. 그리고 지금 들어온 숫자의 길드원으로는 저런 큰 놈의 뼈를 가져가는 것도 쉽지 않다.

물론 이번 던전 사냥의 목적은 당연히 공룡의 뼈였지만, 이들의 타깃은 따로 있었다.

사실 공룡 던전이라고 불리는 이 만석 11호 같은 경우엔 애매한 것인 바로 공룡이다.

일반 몬스터에 비해 이곳 공룡들의 부산물 중 가치가 있는 것은 뼈에 한했다. 하지만 대규모 레이드가 아닌 이상 거대 공룡을 사냥해 뼈를 가지고 나오는 건 쉬운 일이 아니었다.

50명 이상이 투입된 대규모 레이드라고 하더라도 공룡의 뼈가 워낙 크다보니 20미터 급의 공룡 한 마리 분량의 뼈를 가지고 나오는 것도 쉽지 않다.

그래서 이들은 거대 공룡을 보고도 그냥 몸을 숨긴 것이다.

못 잡을 건 없지만 힘들여 잡은 보람이 없는 것이다.

거기다 의뢰를 받은 공룡은 3미터 급의 데이노니쿠스 두 마리다.

영국의 명문대학으로부터 의뢰를 받았다.

그리고 금액도 제법 크다.

"확인되었습니다."

팀원 하나가 망원경으로 확인하고는 리더 김현오에게 보고했다.

"좋아 모두 준비해라."

그의 지시에 모두가 일사분란하게 움직인다.

그리고 몇 명의 팀원들이 대 몬스터용 작살 '킬러 샷'을 목표한 공룡에게 겨누었다.

랩터를 닮은 데이노니쿠스 몇 마리가 사냥에 성공했는지 거대 공룡의 사체에 달라붙어 고기를 뜯고 있다.

그곳으로 팀원들이 다가가며 거리를 좁힌다.

그들을 따르던 신입 강수호는 잔뜩 긴장한 채로 그들의 모습을 숨어서 지켜보았다.

중견길드로서 나름 이름이 알려진 '빛의 날개' 에 들어온 것은 그에게 있어 행운과도 같은 일이었다.

나름 친구들한테는 스카우트되었다고 떠벌이기는 했지만, 실상 그 정도의 실력을 가지고 있던 것은 아니었고 그 길드에서 활동 중인 사촌형의 도움으로 들어간 것이다.

일종의 낙하산이라고 보면 되는 것이다.

아무튼 그런 그가 이번 4성급 던전 '만석 11호' 의 레이드에 참가한 것도 그의 사촌형 도움이 컸다.

비록 짐꾼이라는 역할이지만 이런 경험은 아무나 할 수 없는 일이기 때문이었다.

노련한 선배 팀원들이 킬러 샷을 들고 공룡들이 몰려 있는 장소로 조심스럽게 다가가는 모습을 숨죽이며 긴장된 눈빛으로 바라본다.

그런데 그때였다.

"엇!"

팀원 중 8급의 신참 하나가 가방을 메고 그들을 조심히 뒤따르다, 뭔가 물컹한 것을 밟고는 비틀거리다 바닥에 넘어지고 말았다.

순간 모두의 시선이 그에게 모아졌고, 넘어진 신참은 서둘러 일어서려 했는데 그때 그의 발을 감는 뭔가가 느껴졌다.

"으아아악!"

거대한 뱀이 발을 감아오자 놀라 소리쳤다.

그 때문에 사냥을 위해 숨죽여 이동하던 선배 헌터들의 표정이 와락 일그러졌다.

그리고 그 순간.

숲속에서 뭔가가 빠르게 움직였다.

그리고 갑자기 숲에서 튀어나온 데이노니쿠스가 작살을 들고 있던 헌터 한 명의 머리를 덥석 물더니 그대로 뽑아 버렸다.

"크아악!"

그때 또 다른 놈들도 숲의 사이사이에서 튀어나오더니 습격을 시작했다.

"카아아아!"

"아아악!"

세 명의 헌터들이 데이노니쿠스에 의해 순식간에 몸이 찢겨져 나갔다.

그 순간 리더인 김현오가 자신의 주무기인 커다란 전투 도끼를 들고 한 마리에게 달려들어 목을 날려 버렸다.

댕겅.

"카아아아!"

그리고 노련한 몇 명의 헌터들도 그를 따라 습격한 놈들에게 각자의 무기로 달려들었다.

볼트를 날리거나 화살을 날리는 헌터들도 있었고, 근접

공격무기인 창과 검을 사용하는 이들도 있었다.

하지만 그들의 주변에 있는 공룡 몬스터는 12마리.

거기다 식사 중이던 5마리도 전투가 벌어진 것을 인지했는지, 먹는 것을 중단하고 다가오고 있었다.

몬스터의 수는 총합 17마리.

그나마 리더를 비롯한 노련한 헌터들이 4마리를 죽였음에도 말이다.

은빛의 검으로 공룡 한 마리의 목을 베던 팀원 하나가 소리쳤다.

“씨발. 왜 이렇게 많은 거야?”

당연하게도 일반적으로 데이노니쿠스는 5마리 내외로 무리를 지어 사냥하는 것으로 알려진 터라 이렇게 한꺼번에 많이 나타날 것이라고는 전혀 예상을 못했던 것이다.

“젠장. 집중해!”

“끄아악!”

비명소리가 울리며 또다시 한 명의 동료가 놈들의 이빨에 목이 뜯겨 나갔다.

주변은 완전히 아비규환이 되어 버렸다.

30명의 팀원들 중 순식간에 8명이나 죽어 버렸고, 5명은 중상을 입고 전투 불능이 되었다.

짐꾼으로 들어온 8명을 포함해 멀쩡한 사람은 17명.

분위기상 이대로 간다면 전멸이 될 수도 있었다.

“젠장!”

"크윽!"

리더인 김현오조차 공룡의 발톱 공격으로 등 쪽에 큰 부상을 입고 말았다.

그나마 버티던 싸움도 리더의 부상으로 더 암울해졌다.

"일단 전열을 갖추고 물러서며 싸운다."

고통으로 잔뜩 일그러진 얼굴의 김현오가 명령을 내리자 팀원들은 정신없이 싸우며 후퇴를 시작했다.

하지만 중상을 입은 팀원들이 섞여 이동하는 탓에 싸움이 점점 더 어려워졌다.

"끄아악!"

비명소리와 함께 다시 한 명의 목숨이 끊어졌다.

강수호는 순간 제정신이 아니었다.

던전을 들어올 때만 해도 결코 이런 극악의 상황을 예상하지 못했었다. 그 때문에 더욱더 패닉 상태에 빠져들고 있었다.

정신없는 팀원들의 모습과 어이없이 죽어 나가는 선배들을 보며 온몸이 얼어붙는 것 같은 두려움에 사로잡혔다.

"이 새끼야. 정신 차려!"

"네…. 네!"

근처의 7급 각성자가 강수호에게 소리를 지르자 그제야 정신이 번쩍 들었다.

"빨리빨리!"

"씨발. 뭘 그렇게 멍청하게 있는 거야! 빨리 움직이라고!"

"젠장."

고래고래 소리를 지르던 길드원들은 정신없이 방어진을 짜며 후퇴했다.

지금 그들에게 필요한 건 귀환석이었지만 아직 그것을 손에 넣지 못했다.

모두의 표정에 절망이 어리기 시작했다.

그런데 그 때였다.

사방에서 들려오는 괴생명체들의 소리.

몬스터들이 그들에게 집단으로 몰려들고 있었다.

"킥킥킥킥!"

"크아아아앙!"

"웍웍웍웍!"

그 소리에 모두의 표정이 삽시간에 질려가기 시작했다.

지금 그들에게 달려드는 놈들만으로도 정신을 차리기 힘든데 또 정체불명의 몬스터까지 가세하면 몰살은 정해진 것이나 다름없다.

그런데 그들이 전혀 예상하지 못한 일이 벌어졌다.

숲속에서 들리던 많은 수의 몬스터 소리가 그들에게 다가오는가 싶었는데 순식간에 그들을 돌아간 것이다. 그리고 그들을 쫓아오던 공룡들을 기습하기 시작했다.

원숭이들과 늑대들, 그리고 오크 무리.

마치 한 팀이라도 된 듯 무지막지한 스피드로 공룡들에게 달려들기 시작했다.

"크아아앙!"

"쿠어어어!"

"킥킥킥킥킥킥!"

갑자기 몬스터들이 서로 한데 엉켜 싸우기 시작했다.

공룡 한 마리당 서너 마리씩 달려들어 물어뜯고 할퀴며 한 마리씩 쓰러트린다.

쿠웅.

"카아아아!"

공룡 한 마리가 넘어지는 것을 시작으로 사방에서 쓰러지기 시작했다.

넘어진 공룡에게 덤벼드는 몬스터들은 서로 다른 종류들이면서도 같이 도우며 싸웠다.

쓰러진 공룡의 머리를 오크 전사가 붙들면 다리는 돌 고릴라나 원숭이들이 붙들고 몸통 부위를 귀신 늑대들이 물어뜯는 방식이었다.

그 덕에 순식간에 17마리나 되던 공룡들 10여 마리가 죽어 나갔다.

싸움이 몇 분 정도 더 흐르자 결국 세 마리가 남았을 때 공룡들이 도망치기 시작했다.

하지만 그대로 돌려보낼 수 없다는 듯 그런 놈들에게까지 달려들어 죽이기 시작하는 몬스터들.

"도, 도대체 이런……."

'빛의 날개' 길드원들은 지금 자신들 앞에서 벌어지는

일들을 도무지 납득할 수가 없었다.

몬스터들끼리의 싸움.

그보다 이 던전에 전혀 볼 수 없었던 몬스터들이 대거 모습을 드러냈다는 것도 충격이었다.

그들의 상식으로도 쉽게 이해할 수 없는 일이었으니 당연한 일이었다.

그래도 적절한 순간에 몬스터끼리의 싸움이 벌어진 것은 다행스러운 일이었지만 그 이후의 일도 생각해야만 했다.

"빨리 이곳을 벗어나야 한다."

"어서 부상자들을 부축해!"

그런데 그때 분주한 그들에게 누군가 다가오는 모습이 보였다.

검은 로브를 쓴 사람이 그들에게 다가오기 시작했다.

두건 속의 얼굴은 전혀 확인이 되지 않는다.

사람들은 순간 흠칫하며 모두 움직임을 멈추었다.

길드원 중 리더는 이미 부상 상태.

그래서 다른 이가 그들에게 다가오던 검은 로브, 아마도 사내로 추정되는 사람을 가로막으며 굳은 표정으로 물었다.

"당신은 누구요?"

검은 로브의 사내가 풍기는 기세가 예사롭지 않아 조금은 경계하고 있었다.

그런데 그는 질문에 대한 대답 대신 엉뚱한 이야기를 했다.

"강수호가 누구지?"

"누구? 강수호?"

그렇게 말하자 뒤편에서 깜짝 놀란 강수호가 긴장한 표정을 하고는 앞으로 나섰다.

모두의 시선이 강수호에게 쏠렸다.

"제가 강수혼데요? 누구시죠?"

"네가 강수호냐?"

"네."

잠시 강수호를 바라보던 검은 로브의 사내가 잠시 침묵을 지켰다. 그리고 곧 입을 열었다.

"흐음. 역시 모르겠어."

"네?"

뜬금없는 말에 강수호는 어안이 벙벙해져 되물었지만 그는 곧 고개를 가로저었다.

"아니. 아무것도. 그나저나 부상자들은?"

그 말에 팀원들의 시선이 부상자들에게 모아졌다.

검은 로브의 사내가 부상자들을 확인하더니 곧 주변을 살핀다.

그리고는 갑자기 어딘가를 향해 움직이더니 이내 행동을 멈추고는 그 자리에 우두커니 서 있었다.

그런데 놀라운 일이 벌어졌다.

화악.

갑자기 땅속에서 솟아오른 불꽃.

모두의 표정에 경악이 물들었다.

그리고 대부분의 헌터들 머리에 떠오른 생각.

'안전지대.'

'블랙로브다!'

안전지대를 만든 자.

대형 길드와 정부의 사과를 받아내고 자신의 뜻을 관철한 진정한 영웅.

엄청난 거물급 사내가 그들의 눈앞에 있었다.

그렇게 모두가 경악하고 있는 사이 검은 로브의 사내가 그들에게 시선을 보내며 말했다.

"부상자들을 이쪽으로."

그의 말에 정신을 차린 사람들이 서둘러 부상자들을 이끌고 모닥불 주위로 모여들었다.

그리고 모닥불 주위에 모여든 사람들이 바닥에 깔개를 펼치고는 그 위에 부상자들을 눕혔다.

"옆으로 물러나라."

부상자들에게 다가온 검은 로브의 사내가 사람들을 옆으로 물러서게 했다.

그리고는 곧 그가 다시 그들 앞에 그냥 서서 그들을 내려다보고 있었다.

지금 그가 뭘 하고 있는지 아는 사람은 그곳에 아무도 없었다. 다만, 그가 안전지대의 모닥불을 만든 블랙로브라는 것만으로도 알 수 없는 위엄이 느껴져 모두 그의 모습을 지켜만 보고 있었다.

그런데 곧 그가 그 자리에서 물러서더니 곧바로 안전지대를 벗어나기 시작했다.

순간 모두는 지금 블랙로브가 무엇을 한 것인지 알 수가 없었다.

하지만 누구도 그에게 말을 걸 생각조차 하지 못한 채 그저 바라보기만 할뿐이었다.

그런데 안전지대를 벗어나던 블랙로브가 걸음을 멈추고는 강수호에게 시선을 돌린다.

얼굴은 볼 수 없었지만 블랙로브의 강렬한 시선이 느껴졌다.

강수호는 긴장 때문에 마른침을 삼켰다.

꿀꺽.

잠시 그렇게 가만히 바라보던 블랙로브의 손에 갑자기 뭔가가 나타났다.

그건 귀환석이었다.

모두의 시선이 귀환석에 쏠렸다.

그도 그럴 것이 지금 팀의 상황은 최악이었고, 부상자들이 많아 던전을 빨리 빠져나가야 한다는 생각이 간절했기 때문이었다.

그러나 누구도 그가 들고 있는 귀환석을 달라고 말할 수는 없었다.

그런데 그가 갑자기 귀환석을 강수호에게 가볍게 던졌다.

턱.

그것을 두 손으로 잡은 강수호가 얼떨떨한 표정을 짓고 있는 사이 블랙로브가 곧바로 안전지대를 벗어나 버렸다.

그런데 그 순간 공룡들과의 싸움이 끝난 것인지 수십 마리의 몬스터들이 그에게 몰려들기 시작했다.

"저, 저런!"

누군가 경악하며 외쳤다.

몬스터들이 블랙로브의 사내에게 덤벼들 것을 걱정한 탓이다.

그러나 그런 걱정과 달리 어쩐 일인지 사내의 근처로 다가가다가 그를 에워싸며 같이 이동을 시작하는 것이 아닌가? 마치 그를 호위라도 하듯이.

그제야 몬스터들이 갑자기 나타나 공룡들을 습격한 이유를 알 수 있었다.

그리고 그가 사라지자 모든 사람들이 강수호에게 몰려들었다.

"너 블랙로브와 아는 사이냐?"

"네? 아, 아뇨."

"그런데 어째서 네 이름을 알고 있는 거지? 널 알아보는 눈치던데."

"그, 글쎄요. 저도 어떻게 된 영문인지……."

"이거 우리 길드에 거물이 있었구먼."

"……."

그런데 그때 놀라운 일이 벌어졌다.

"여기 와보십쇼."

부상자에게 붙어 있던 팀원 하나가 소리치자 사람들이 모여들었다.

그런데 부상자들의 모습을 본 길드원들이 경악했다.

"엇. 어떻게 이런 일이?"

"뭐, 뭐야?"

부상이 심했던 팀원들의 상처가 눈에 띄게 아물어 있었고, 어떤 상처는 아무는 모습이 눈에 보일 정도였다.

"도, 도대체."

사람들은 그 신비로운 현상에 경악하며 다시 그가 사라진 방향으로 시선을 돌렸다.

이미 숲속으로 들어간 상태였긴 했지만 한동안 그들의 시선이 고정되어 있었다.

그리고 누군가 입을 열었다.

"저 사람 정말 정체가 뭐지? 인간이 맞긴 한 건가?"

경악하던 사람들에게서 멀어진 블랙로브의 사내, 유정상이 머리를 긁적였다.

"역시 기억이 안 나네. 너무 오래 되서 그런가?"

하기야 유정상이 기억하기엔 너무 오래된 일은 분명했다.

30년 전의 고교시절 동급생.

어울리던 무리에 있었다고는 해도 별로 이야기를 나눴던

기억도 없으니 당연한 일이었다.

하지만, 박병석이 '빵셔틀'이라고 말했을 때 왠지 모를 껄끄러운 느낌이 들었다.

잊고 지내기는 했지만 자신이 했던 행동이 없어지는 건 아니다.

그래서일까? 기억이 나지 않는 그 강수호란 녀석에게 미안한 감정이 들었던 것이다.

그리고 만석 11호라는 던전에 대해 다시 조사를 한 후 바로 이곳으로 온 것이다. 물론 겸사겸사 공룡 던전도 경험해 볼 요량이었다.

'그래도 뭐, 늦지 않았으니까.'

아무튼 처음 와본 공룡 던전이었지만 소문에 비해 그리 위험하다는 생각은 들지 않았다.

공룡이라는 특이점이 있기는 했지만, 그뿐 다른 던전에 비해 그리 강한 놈들이 많다는 느낌은 들지 않았다.

그리고 지금 눈앞에 있는 적.

데이노니쿠스들의 우두머리.

다른 놈들보다 약간 큰 체구에 머리엔 커다란 두 개의 뿔이 달려 있다.

[이름: 데이노니쿠스 보스]

[레벨: 16]

[공격력: 475]

[방어력: 445]

[생명력: 3000/3000]

[힘: 180]

[민첩: 42]

[체력: 230]

[지능: 8]

이미 바닥엔 전사의 영역이 설정되어 있다.

레벨은 붉은 오크 전사의 족장과 같은 16.

하지만 오크 전사 족장의 경우는 변형타입이라 18까지 상승했고 전투력도 월등히 높았다.

"카아아아아!"

놈이 커다란 아가리를 벌리며 유정상에게 달려들었다.

유정상이 놈의 모습을 보며 씽긋 웃었다.

"아무래도 이번엔 공룡 뼈나 많이 모아야겠네."

그렇게 중얼거리고는 곧바로 놈에게 주먹을 날렸다.

❖ ❖ ❖

빛의 날개 길드가 공룡 던전에서 나온 뒤 블랙로브에 대한 이야기가 퍼져 나가기 시작했다.

그리고 그가 안전지대를 만드는 광경을 본 길드원들의 증언으로 인해 결국 진위여부로 논란이 됐던 소문은 진실로 드러나게 되었다.

안전지대의 진정한 주인.

거기다 수많은 몬스터를 부리며 몬스터를 사냥하는 그의 압도적인 능력에 대한 이야기도 알려지게 되자 일부 블랙 로브 광팬들은 열광했다.

그리고 완전히 확인된 사실은 아니지만 빛의 날개 길드원들의 증언 중에 치료술에 대한 이야기도 있었다.

거의 기적과도 같은 치료술.

만약 이 이야기까지 진실로 밝혀진다면 그 파장은 엄청날 것이다.

각성자 중 복합 능력자가 아예 없는 것은 아니지만 드문 건 사실이다. 그런데 그런 복합 능력이 두 개도 아니고 세 개 이상, 그리고 희귀한 능력인 치료술의 능력까지 보유하고 있다면 그의 등급 여부를 떠나 그 자체만으로도 엄청난 각성자인 것이다.

그리고 그가 남겼다는 안전지대를 확인하기 위해 많은 각성자들이 던전을 찾았다. 그로 인해 한 때 만석 11호 던전 인근 도시에 엄청난 인파가 몰렸고, 수많은 각성자들이 안전지대를 확인하기 위해 던전에 들어갔지만 결국 발견하지 못했다.

그 때문에 당연히 그가 회수해 갔다는 걸 뒤 늦게 알고는 많은 이가 아쉬워했다.

특히나 던전 인근 도시상인들의 아쉬움이 가장 컸다.

어쨌든 이번 사건으로 인해 블랙로브에 대한 궁금증이 더욱 커져만 갔다.

✣ ❈ ✣

박가네 만물상점.

딸랑.

문이 열리며 몸집이 제법 큰 노인이 가게 안으로 들어섰다.

인터넷 바둑을 두던 박 노인은 고개를 돌리지도 않고 시선을 컴퓨터 모니터에 고정시킨 채로 말했다.

"어서오슈."

"또 바둑인가?"

"응? 자넨가? 잠깐만 기다리게."

그 말에 슬쩍 돌아보더니 곧 다시 시선이 모니터로 향한다.

"나 인삼차 한잔 줘."

"시연이는 외근 나갔어."

"한잔 타줘."

"나 바쁘다네. 자네가 직접 타서 먹어."

"칫, 이놈의 가게는 서비스가 엉망이야."

"여기가 다방인줄 알아? 먹기 싫으면 먹지 말든가."

"젠장. 알았네. 알았어."

덩치 큰 노인, 공경남이 투덜거리며 부엌 쪽으로 가더니 인삼차 봉지 하나를 까서는 종이컵에 부었다. 그리고 정수기로 다가가 뜨거운 물을 받았다.

"시연이는 또 뭔 일로 외근이래?"

"그 친구가 또 불렀거든."

"아, 그 복덩이라는 친구 말이군. 그래 내가 전에 말했던 건?"

"맞다. 안 그래도 자네가 좋아할 만한 걸 조금 보내왔던데 말이지. 아무튼 잠깐만 기다리게 곧 끝나니까. 오늘따라 더럽게 돌을 안 던지네. 이미 끝난 게임인데 말이야."

그렇게 투덜거리던 박 노인이 잠시 후 피식 웃으며 '시간 낭비라니까.'라고 독수리타법으로 글을 썼다. 그리고 곧 상대가 돌을 던졌다는 메시지가 떠오르자 '즐겜! GG'라는 글을 화면에 새기고는 곧바로 바둑게임을 멈추었다.

박 노인이 의자에서 허리를 두드리며 일어나더니, 이내 방 안쪽으로 들어가 큰 사이즈의 과자봉지만 한 벨벳천 주머니 하나를 들고 나왔다.

그것을 본 공 노인의 표정에 실망이 어렸다.

"그게 전부인가?"

"그렇다네. 이게 전부지."

"그리 많은 양이 아니군."

"그렇게 보이나?"

박 노인이 피식 웃으며 말하자 공 노인의 표정이 의아함에 물들었다.

"아니라는 건가?"

"일단 보게."

그리고는 주머니를 열어 내용물의 일부를 소파 테이블 위에 쏟아냈다.

좌르르르.

"헛! 이, 이건?"

"뭔지 알겠지?"

"내가 명색이 대장장일세. 이걸 모를 리 없잖은가?"

"그래. 내가 많다고 한 이유를 알겠지?"

눈앞에 있는 것들은 원숭이과 몬스터의 이빨들이었다. 이 모든 것이 다 이빨들인데다가 특정 부위의 이빨들만 따로 모았다는 점을 생각해보면 그 양이 상당하다는 것을 짐작할 수 있었다.

그런데 이 이빨들의 특징은 모두 금속성이라는 것이다.

송곳 원숭이의 어금니와 주걱턱 침팬지의 어금니, 그리고 돌 고릴라의 송곳니는 모두 금속성을 띠고 있었고, 강도는 그 귀한 스트로늄 이상이었다.

그래서 가격도 스트로늄의 세 배가 넘었다.

"도, 도대체 얼마만큼의 원숭이를 잡았기에 이만한 양이라는 건가? 막내아들이 1년 동안 구해온 것보다 훨씬 많구먼."

"그 친구 스케일이 보통 이 정도라네. 그리고 말이지 시연이가 오늘은 5톤 화물트럭 세 대를 대동하고 갔다는 거 아닌가."

"5톤 트럭을 세 대나? 그렇게나 부산물이 많다는 건가?"

"그렇다네. 이번엔 뭐 공룡 뼈를 구했다나? 크크크. 학자 놈들을 상대로 제대로 돈을 뜯어낼 수 있다는 생각에 기분이 절로 좋아지고 있지."

박 노인의 입가에서 싱글벙글 미소가 떠나지 않았다.

"허허 참."

공 노인이 황당하다는 생각을 하며 고개를 절레절레 흔들었다.

"아무튼 이정도면 현금이 꽤나 필요하겠군."

"그 친구 계좌번호 남겨놨으니 이쪽으로 보내면 될 걸세."

"의외로군. 자네는 현금 거래만 한다고 해서 이 친구도 그것을 원할 줄 알았는데 말이야."

"요즘엔 나도 그것 때문에 귀찮다니까. 이렇게 되면 세금 엄청 내야 되는데 말일세."

"그럼 거래를 끊으면 되는 거 아닌가? 자네가 그런 소리 하는 거 처음 보는데."

"누구 좋으라고! 차라리 세금을 내고 말지. 이 친구랑 거래하는 양이 얼마나 어마어마한지 알게 되면 그런 소리 절대 못하지."

그런데 그때 박 노인의 전화벨이 울렸다.

"그래. 음. 도착했다고. 알았다."

전화를 끊고 박 노인이 가게를 나섰다. 그러자 공 노인도 그를 따라 나갔다.

밖으로 나가자 검은 승용차 곁에 있던 두 명의 사내가 공 노인을 확인하고는 곧바로 그에게 다가왔다. 그러자 공 노인이 손을 휘저었다.

"그냥 기다리고 있어."

"알겠습니다."

공손하게 머리를 숙이는 검은 양복의 사내들이 다시 차 곁으로 다가가 섰다.

그 모습을 보던 박 노인이 혀를 쯧쯧 하며 찬다.

"아직도 그렇게 주렁주렁 달고 다니나?"

"낸들 좋아서 이러는 줄 알아? 큰아들이 극성이니까 하는 수 없는 거지."

"역시 첫째는 자네 젊은 시절을 완전히 빼다 박았군."

"허허. 그렇지 뭐."

"막내 녀석은 아직 음식에 빠져 지내나?"

"그 놈은 제 엄마를 빼다 박은 거지. 그래도 각성자인 놈이 왜 그렇게 음식 맛에 목을 매는지 말이야. 쯧쯧."

"그래도 각성자로서는 타고났잖은가? 그렇게 어린 나이에 5급이라니."

"그렇긴 하지."

공 노인은 막내아들의 자유분방함에 늘 혀를 차고는 했지만 그래도 늘 막내에 대한 애정이 깊은 사람이었다.

젊은 시절부터 일궈온 회사를 큰아들에게 넘겨주고 자신은 젊은 시절 열정을 불태웠던 대장장이 일을 다시 시작했다.

그러다 던전이 생겨나면서 세상이 바뀌었다. 그리고 덕분에 새로운 금속들을 접하며 더욱 일에 빠져들어 지금은 완전히 대장장이가 되어 버렸다.

물론 큰아들이 가끔 잔소리를 하긴 했지만 그의 열정만은 막을 수 없었다.

그렇게 잠시 동안 옛일을 떠올리다 보니 어느새 박 노인의 새로운 창고 앞이었다.

그런데 창고를 보고는 크게 놀랐다.

생각 이상으로 창고의 규모가 컸던 탓이다.

이만하면 어지간한 보세 창고와 맞먹을 정도의 규모였다.

건물의 상태를 보니 지은 지 얼마 되지도 않은 것 같았다.

"창고를 새로 지은 건가?"

"아무래도 거래량이 늘었으니 할 수 없는 일이지."

"그래도 이건 너무 큰 것 같은데."

"이것도 모자라네. 창고를 한두 개 더 지을 생각이야."

"뭐?"

공 노인은 황당한지 입을 떡하니 벌렸다.

그때 창고 쪽으로 트럭들이 다가왔다.

5톤 트럭 세대가 도착하자 박 노인이 창고 안으로 유도했다.

그러는 사이 근처에 승합차 한 대가 멈추었고, 박 노인의 딸인 박시연이 차에서 내려 그들에게 다가왔다.

"어머, 아저씨 오셨어요?"

"그래. 너도 고생이 많구나."

"뭘요."

그렇게 박시연과 공 노인이 이야기를 하는 사이 창고 직원 몇이 트럭 쪽으로 다가와서는 깔깔이를 제거한 후 커버를 벗겼다.

그러자 공 노인이 박시연과 이야기를 하고 있다가 그것을 보고는 입을 떡 벌리고 말았다.

"도, 도대체……."

공룡 뼈라는 말이야 방금 들었기는 했지만 실제로 눈으로 본 상황은 예상치 못한 것이었다.

엄청난 양의 뼈들.

거기다 크기도 엄청나다.

작은 건 아예 없는 걸 보면 큰 놈만 노리고 잡은 게 분명했다.

"이런 식이니 내가 창고를 늘리지 않을 재간이 있나?"

"……."

어색하게 웃으며 말하는 박 노인의 모습에 그저 말문이 막힌 공 노인이었다.

커서 마스터

Cursor Master

2. 주주밍을 박멸하라

커서 마스터

Cursor Master

2. 주주밍을 박멸하라

4성급 던전 '폭풍의 눈 2호'.

던전에 들어서자마자 트롤들이 여러 마리씩 나타났다.

유정상의 현재 레벨은 16, 그리고 군주 포인트는 220점이다.

먼저 포인트 80점을 사용해 오크 전사와 귀신 늑대들을 각각 20마리씩 소환했고 더불어 데이노니쿠스 한 마리도 같이 소환했다.

"크크. 역시 이게 편하고 좋지."

데이노니쿠스의 등에 올라탄 유정상이 만족스런 표정으로 주변을 둘러보며 말했다.

물론 승차감 면에서는 귀신 늑대 쪽이 편하기는 했지만

공룡의 경우 넓은 시야를 제공했기에 공룡을 선호했다. 거기다 뭔가 모양도 있어 보이고.

어쨌든 곧바로 트롤들과의 전투가 시작되자 유정상은 공룡의 등에서 뛰어내렸다.

소환한 녀석들 사이에 있던 백정도 전투에 가담했다.

백정의 역할은 대체적으로 방심하고 있는 트롤들의 다리를 공격하는 것.

물론 트롤의 특성상 상처가 쉽게 아물고 어지간한 공격으로는 죽이는 것도 쉽지 않다.

머리를 박살내는 것이 가장 확실한 방법이다.

물론 그 역할에 가장 충실한 건 유정상 본인이었다.

퍼엉!

"꽤에엑!"

"크아아아!"

오크 전사들의 용맹한 공격에 트롤들도 하나둘 쓰러졌다. 물론 귀신 늑대들의 활약도 만만치 않았다.

트롤들의 레벨이 15정도라 쉽지 않을 거라 생각했지만 그동안 많은 싸움을 통해 단련이 된 탓인지 그리 어렵지 않게 상대하고 있었다.

특히나 백정의 경우엔 중간에 뿔 티라노의 내단까지 몸에 흡수시키자 레벨이 14까지 올랐고, 그간의 전투 경험까지 더해지자 트롤을 혼자서도 수월하게 상대할 수 있었다.

하지만, 전투 스타일상 1대1 보다는 어쌔신처럼 습격에 최적화된 녀석이라 굳이 그런 방법을 사용하지는 않고 있었다.

슥삭. 슥삭. 슥삭.

"크아아아!"

쿠웅.

또 한 녀석이 백정의 공격에 쓰러졌고 덕분에 귀신 늑대들이 달려들어 트롤들을 갈가리 찢어 버렸다.

그렇게 얼마의 시간이 흐르자 인근엔 죄다 트롤들의 사체들이 즐비했다.

물론 오크 전사나 귀신 늑대의 경우엔 죽거나 심한 상처를 받으면 곧바로 소환해제가 되므로 사체 따위가 있을 리 없다.

그렇게 트롤들을 모조리 잡으면 곧바로 이동.

그리고 다시 트롤들을 만나면 전투.

이런 식으로 움직이다보니 소환수들도 얼마 남지 않았다.

하지만 아직 포인트가 제법 남아 있으니 상관없는 일이고, 유정상은 오히려 에너지가 남아도는 상황이다.

이미 트롤들의 가죽과 뼈, 그리고 피까지 따로 모아 두었다.

특히나 트롤의 피는 초급 포션의 재료가 되는지라 박 노인에게 비싸게 넘길 수 있다.

물론 그 초급 포션이라는 것이 아직은 불완전한 기술이고 또 가격도 너무 비싼 상황이라 유정상이 그딴 걸 쓸리는 없다.

그저 팔수 있는 건 죄다 팔 뿐이다.

아무튼 몬스터를 떼로 몰고 다녔더니 얻는 사체의 부산물도 상당했다.

특히나 최근 들어 한 번 부산물을 처리할 때 5톤 트럭 서너 대는 예사였다.

이러한 유정상 때문에 박 노인이 창고를 늘렸다는 얘기도 들었다.

트롤의 두목도 결국 발견했다.

사실 두목이라고 해봐야 다른 트롤에 비해 조금 더 강할 뿐 별다른 특징이 있는 건 아니었다.

덕분에 굳이 전사의 영역을 만들지 않고도 놈의 머리에 인장을 새길 수 있었다.

그리고 받은 군주 포인트도 40점.

이로써 군주 포인트는 총 260점이 되었다.

원숭이를 소환한다면 260마리나 소환이 가능하다.

물론 소환시간은 상황에 따라 다르겠지만 지금으로서는 대략 1.5시간 정도 가능해 보인다.

그런데 마지막 두목 트롤을 잡고 나서 던전을 빠져 나가려는데 생각하지 못한 놈을 만났다.

오우거.

키가 5미터에 달하며 스피드와 힘, 그리고 질긴 가죽까지. 놈은 그야말로 4성급의 최강 중 한 놈이었다.

보통은 만나기 어려운 놈인데 워낙 던전을 오래 싸돌아 다녔더니 이런 귀한 놈까지 만나 버린 것이다.

예전의 유정상이었다면 최악의 상황일지도 모르지만 적어도 지금은 아니었다.

[이름: 오우거]

[레벨: 19]

[공격력: 550]

[방어력: 540]

[생명력: 4200/4200]

[힘: 250]

[민첩: 45]

[체력: 410]

[지능: 7]

진짜 괴물 같은 수치였다.

그런데도 보스가 아니다.

마치 던전에서 만나는 이벤트 몬스터 같은 느낌이랄까.

"크아아앙!"

퍼억!

"캥캥!"

놈의 몽둥이질 한방에 귀신 늑대 한 마리가 퍽하고 사라져 버렸다.

오크 전사들도 주먹 한방이면 거의 마무리가 될 정도로 압도적인 공격력으로 소환수들을 몰아세웠다.

거기다 방어력은 얼마나 좋은지 소환수들이 물고 찌르고 때리고 별짓을 다해도 놈에게는 통하지 않았다.

놈의 몸에 여러 마리의 귀신 늑대들과 오크 전사들이 매달려 있었지만 놈은 한 녀석씩 패대기치며 밟아 죽이기 시작했다.

쾅. 우두둑.

"크아아앙!"

소환수들이 한 마리씩 연기처럼 사라지고 있는 모습을 유정상은 그저 묵묵히 바라보고 있었고, 백정 역시도 유정상의 곁에서 털을 잔뜩 세운 채 지켜보고 있었다.

유정상이 곧 소환수들을 뒤로 물렸다.

그러자 한꺼번에 오우거의 몸에서 소환수들이 떨어져 나갔다. 그 덕에 오우거가 잠시 멈칫하더니 유정상 쪽으로 시선을 돌렸다.

"크어?"

그리고는 고개를 갸웃거렸다.

척 보기에도 별거 없어 보이는 조그마한 인간이 다른 녀석들의 우두머리라는 게 이상해서였을 것이다.

아무튼 놈이 몽둥이를 들고 천천히 유정상의 곁으로 다가왔다.

보기와 달리 거대한 덩치에 비해 발걸음이 가벼웠다.

그리고 유정상의 근처까지 다가온 오우거가 갑자기 빠르게 달려들며 들고 있던 몽둥이를 유정상에게 휘둘렀다.

부우웅.

거대한 몽둥이가 파공성을 일으키며 유정상에게 날아들었다.

멈칫.

놈의 몽둥이가 공중에서 멈추었다.

눈에 보이지 않는 힘에 의해 저지당한 것을 깨달았는지 놈이 몸에 힘을 잔뜩 넣어 사정없이 흔들었다.

"쿠악!"

그제야 경직되었던 팔이 풀려났다.

"크르르르르."

화가 난 오우거가 이빨을 드러냈다.

보이지 않는 힘에 의해 굴욕을 당했다는 것과 그 힘의 정체가 눈앞에 보이는 보잘것없는 인간이라는 것을 눈치 챘기 때문이었다.

오우거가 가소롭게만 보이는 인간을 향해 몸을 던지며 자신의 몽둥이를 사정없이 휘둘렀다.

자신의 몽둥이에 의해 피떡이 될 것이라는 걸 절대 의심하지 않으며 말이다.

쿠아아앙!

유정상이 있던 자리가 터져 나가며 흙먼지를 잔뜩 일으켰다.

그러나 그 자리에 있던 유정상은 어느새 자취를 감추어 버렸다.

묵사발이 나야 정상인 인간이 갑자기 보이지 않으니 오우거가 몸을 이리저리 돌리며 사방을 두리번거렸다.

미세하게나마 냄새가 나긴 하지만 정확한 곳은 알 수 없었다.

그때였다.

퍼억!

"크아아!"

강력한 충격이 오우거의 얼굴을 강타하자 고개가 획 돌아갔다.

하지만 엄청난 맷집으로 버텨내고는 날카로운 이를 드러내며 포효했다.

"쿠오오오오!"

흥분한 오우거가 몽둥이를 들고 사방으로 휘둘렀다.

하지만 자그마한 인간은 도통 보이지 않았다. 바로 그 순간.

푸숙.

"크오오오오!"

느닷없이 나타난 푸른색의 검이 오우거의 등짝에 꽂혔다.

손을 뻗어 뽑아내려 했지만 손이 닿지 않는다.

"크아아아아!"

놈이 분노하며 자신의 등에 박혀 있는 칼을 뽑아내려 했지만 엄청난 근육질의 몸이다 보니 등 쪽엔 손이 닿지 않는다.

그렇게 계속 신경을 쓰다 곧 그것을 포기했는지 다시 숨어 버린 유정상을 찾기 시작했다.

그러나 여전히 자그마한 인간의 모습은 보이지 않는다.

놈이 더욱 분노하며 주변에 있던 바위들을 들어 사방으로 던졌다.

그런 걸로도 분풀이가 되지 않았는지 커다란 나무도 뿌리째 뽑아 사방으로 휘둘렀다.

그때였다.

쿠르르르르르르르.

지진이라도 난걸까.

바닥이 울리더니 곧바로 땅이 꺼져 버렸다.

풀썩.

"크오오오!"

놈의 몸이 바닥 속으로 푹 꺼졌고 그 상태로 가슴 언저리까지 묻혀 버렸다.

그 순간 숨어 있던 인간이 나타났다.

검은 로브의 인간이 바닥에 묻힌 오우거에게 빠르게 다가오더니 주먹을 날렸다.

퍼억!

"크와아악!"

오우거의 고개가 충격으로 인해 뒤로 크게 젖혀졌다.

퍽. 퍽. 퍽. 퍽.

유정상의 주먹이 연속으로 오우거의 안면에 박히기 시작하자 놈은 정신을 차리지 못했다.

그 상태에서 어떡하든 몸을 밖으로 빼내려 했지만 쉽지가 않다.

그렇게 오우거가 발버둥을 치는 사이 발에서 큰 통증이 밀려왔다.

"크어어어!"

날카로운 칼이 발을 난도질하는 그 고통에 오우거가 비명을 지른다.

그때.

푸슉.

오우거의 미간을 뚫고 들어간 푸른 검.

워낙 커다란 덩치 때문에 검이 자그맣게 보였지만 그 위력은 결코 작지 않았다.

"크워어어어어!"

놈이 소리를 질렀고 그때 다가온 인간이 다시 주먹을 날렸다.

퍼어어억!

푸슉!

그러자 검이 더욱 깊숙이 박혔다.

"크워어어어!"

"휴우. 과연 질긴 놈이네."

유정상이 두건을 벗으며 이마에 흐르는 땀을 닦아냈다.

레벨이 15를 넘어서고부터는 싸움이 꽤나 노련해졌고, 방금 같은 경우엔 3레벨의 차이에도 불구하고 백정의 도움으로 그리 어렵지 않게 처리할 수 있었다.

물론 끈질긴 생명력 탓에 조금 애를 먹기도 했지만 어쨌거나 크게 어렵지는 않았다.

[레벨이 올랐습니다.]

[17레벨이 되었습니다.]

오우거의 사체 주변에 생성된 아이템들을 살폈다.

금화주머니와 많은 양의 중급 포션들, 그 사이에 가죽 신발 하나가 보인다.

[오우거의 탄력 부츠]

[내구력:200/200]

[오우거의 탄력적인 근육의 힘이 스며들어 있는 부츠.]

[옵션: 민첩을 10 올려준다.]

부츠를 착용한 후 상태창을 확인했다.

[이름: 유정상]

[직업: 커서 마스터]

[칭호: 진정한 몽키킹, 늑대의 안내자, 붉은 오크 리더,

주먹왕]

[레벨: 17]

[공격력: 130+180(이네크의 반지)+150(불꽃의 조각S)]

[방어력: 98+360(전사의 로브)]

[생명력: 470/470]

[힘: 39]

[민첩: 42+10(오우거의 탄력 부츠)]

[체력: 62]

[지능: 11]

"삐이이이!"

어느새 오우거의 사체를 모두 깔끔하게 분해시킨 백정이 유정상에게 소리를 질렀다.

"수고했어."

그렇게 대답하고는 오우거의 뼈와 피 그리고 가죽을 인벤토리에 담았다.

솔직히 오우거의 고기는 먹고 싶은 마음이 없었기 때문에 그냥 내버려 두었다. 도마뱀까지는 어떻게 먹을 수 있었지만 인간을 닮은 놈들은 먹기가 꺼려진 것이다.

물론 소환된 녀석들은 맛있는 식사였는지 게걸스럽게 먹어대긴 했지만.

❖ ❖ ❖

5성급 던전 '나이트버드 2호'.

모비딕 길드의 헌터들이 우거진 숲을 수색하는 도중 이상한 몬스터를 만났다.

경차 정도의 크기를 가진 몬스터였는데, 검은 진액이 흐르는 둥근형의 단순해 보이는 몸뚱이에 기다란 다리가 곤충처럼 여섯 개나 뻗어 있는 기괴한 모양이었다.

"저, 저놈 뭐야? 처음 보는 놈인데. 너 알고 있냐?"

"나도 처음 보는 놈이야."

팀원들이 당황하며 서로에게 물어보지만 아무도 갑자기 나타난 몬스터의 정체를 아는 이가 없다.

그러나 처음 본 녀석이건 아니건 상관없는 일이다.

몬스터는 잡으면 그뿐이니까.

헌터 두 명이 활의 시위를 당겨 화살을 날렸다.

핑.

꿀렁.

몸에 꽂힌 화살은 곧바로 몬스터의 몸속으로 빨려 들어가 버렸다.

"엇! 저거 화살을 흡수한 거 아니야?"

"칫. 창을 던져!"

팀원 중 하나가 창을 던졌다.

하지만 결과는 마찬가지였다.

"도대체 저놈 정체가 뭐야?"

"내가 해보겠다!"

6급의 검사 각성자가 자신의 은색 검을 들고 빠르게 괴물에게 접근했다.

그리고 곧바로 검을 휘둘러 놈의 다리를 잘라 버렸다.

그런데 어찌 된 영문인지 다리가 잘려 나가지 않았다. 마치 칼로 물을 벤 것처럼 칼이 다리를 자름과 동시에 붙어 버린 것처럼 보였다.

그런데 갑작스런 일이 발생했다.

"으아악!"

괴물이 방금 검을 휘둘렀던 검사를 집어 삼켰다.

검은 진액으로 둘러싸여 제대로 형태조차 알 수 없었는데 몸통의 가운데가 갑자기 갈라지며 느닷없이 입이 생겨나 덥석 먹어 버린 것이다.

그런데 검은 진액의 괴물 몸이 꿀렁거리나 싶더니 자신과 비슷한 모양의 괴물을 몸에서 분리시켰다.

갑자기 괴물이 두 마리로 늘어나자 모두는 패닉에 빠져 버렸다.

"씨발! 뭐야 도대체!"

"모두 물러나!"

길드원들이 경악하며 모두 물러섰다.

그런데 괴물 두 마리가 사방으로 달려들며 헌터들을 집어 삼키기 시작했다.

"끄아아악! 살려줘!"

"으아악!"

헌터들의 비명소리가 울려 퍼졌다.

✣ ❖ ✣

간만에 들른 아이템 상점에서 제나가 유정상에게 뭔가를 내밀었다.

[전에 맡기신 다크 주얼리의 인챈트 작업이 완료되었습니다.]

"오."

그러나 많이 기대했던 탓인지 그것을 확인한 유정상의 얼굴에 실망이 어렸다.

제나가 내민 두 개의 보석을 바라보니 하나는 검은 색 사이에 붉은 색이, 다른 하나는 푸른색이 박혀 있을 뿐 별달리 변한 건 없어 보였기 때문이었다.

"설마 인챈트라는 게 보석 속에 몇 개의 색상을 집어넣은 게 다인가?"

반쯤은 농담으로 물었다.

[그럴 리가 없잖아요. 직접 확인해 보세요.]

제나가 샐룩거리며 말하자 유정상이 피식 웃으며 커서를 가져가 확인해 본다.

[궁극의 방패]

[방어력을 극대화 시킨다.]

[미지의 접착제]

[사용처는 아직 미확인.]

내용을 확인한 유정상의 고개가 갸웃거렸다.

궁극의 방패는 그렇다 치고 미지의 접착제는 또 뭐란 말인가?

거기다 사용처는 아직 미확인이라니. 검은 보석들을 어떤 식으로 사용해야 하는지 조차 모르는 상황이다. 이래놓고 개당 2만 골드씩이나 쳐 받아먹으니 기가 막힌다고 해야 할지…….

뭔가 속은 게 아닐까 하는 의심이 고개를 쳐들었다.

'다시 물릴까?'

2억 원이나 지불하고, 아니 게임머니……. 아무튼 2만 골드씩이나 지불했는데 사용처가 불분명한 아이템을 얻은 기분이라 찜찜했기 때문이다.

그런데 예상하지 못한 일이 갑작스럽게 벌어졌다.

가만히 있던 커서가 스스로 움직이더니 두 개의 보석을 덥석 흡수해 버린 것이다.

"어?"

순간 벌어진 일에 어이가 없어 말문이 막혀 버린 유정상이 입을 벌린 채 멍하게 있었다.

[구입 감사합니다. 다음에도 많이 이용해 주세요.]

제나가 서둘러 인사를 하자 보유 금액 중 4만 골드가 사라져 버렸다. 그리고 남은 돈은 겨우 8천 골드.

"도대체 뭐야? 지금 무슨 일이 벌어진 거지?"

삽시간에 벌어진 황당한 상황에 어이가 없어진 유정상이 멍한 표정이 되어 버렸다.

✣ ✣ ✣

나이트버드 2호 던전에 들어갔던 '모비딕' 길드원 전원이 정체불명의 괴물에게 당했다는 소식이 알려지자 다른 길드에서도 던전 조사에 들어갔다.

그런데 그 조사원들마저 행방불명이 돼 버렸다.

그 때문에 지역 길드 연합에서는 길드 단위로 선발된 각성자들을 모아 투입하기로 결정했다.

나이트버드 2호는 5성급 던전으로서 레벨은 그리 높지 않은 곳이다.

그런데 어째서 이런 재앙이 벌어진 것인지는 누구도 알지 못했다.

물론 던전이라는 곳이 일반적인 상식으로 이해할 수 있는 곳은 아니었기에, 있을 수 없는 일이라고 단정할 수는 없지만 그래도 이런 일이 자주 발생한다는 건 뭔가 던전 내에서 위험한 일이 벌어지고 있다는 반증이기도 했다.

어쨌거나 각 길드에서 차출한 인원은 총 50여 명.

확실한 정보를 위해 9급의 각성자 출신의 방송 카메라 직원까지 대동해 던전에 투입했다.

만약의 경우 카메라만이라도 가지고 나올 수 있다면 이번 사태에 대한 분석이 가능하다고 여겼기 때문이다.

그렇게 50여 명의 인원이 나이트버드 2호 던전에 투입되었다.

✣ ❖ ✣

자신의 방에서 뚱한 표정으로 공중에 떠 있는 커서를 바라보는 유정상.

도대체 뭣 때문에 커서가 인챈트 된 검은 보석 두 개를 흡수했는지 원인도 불분명했지만, 그보다 흡수한 아이템은 도대체 어떤 식으로 사용할 수 있는지, 아니 사용할 수나 있을는지 조차 알 수가 없었기 때문이었다.

어쩌면 커서의 뱃속에서 소화가 되어 영원히 사라진 것인지도 모른다.

"설마 커서가 배고파 주워 먹었을 리도 없고."

공중에 떠 있는 커서를 바라보며 헛웃음을 지어보이는 유정상.

하지만 곧 머리를 벅벅 긁으며 어깨를 축 늘어뜨렸다.

이미 벌어진 일이다.

받아들이는 게 속편한 법이다.

"그래. 너도 배고프면 먹어야지. 그까짓 4만 골드야 다시 모으면 되는 거니까."

그래도 4만 골드가 심장에 쿡 하고 박히는 기분이었다.

"크윽! 4만 골드."

게임머니라고 자기암시를 걸어봤지만, 역시 속이 쓰리다.

그런데 그때였다.

[미션 발생.]

커서가 갑자기 부르르 떨며 미션을 하달했다.

"또 뭔 일이야?"

유정상이 미간을 찌푸리며 투덜거렸다.

이놈의 미션은 최근 들어 쉴 틈을 주지 않는다.

[좌표는…….]

좌표를 확인한 유정상이 휴대폰으로 위치를 확인했다.

그리고 더불어 던전의 이름도 찾았다.

"나이트버드 2호? 뭐야, 이 오래된 만화영화 캐릭터 같은 이름은?"

자신도 모르게 웃음이 튀어나왔다.

던전이 워낙 많다보니 별의별 이름이 다 있었다.

그리고 곧바로 대충 옷가지와 가방을 챙겨 방을 나섰다.

“오늘은 쉬는 거 아니니?”

거실 청소를 하던 어머니가 옷을 챙겨 입고 방을 나서는 유정상이 확인하고는 물었다.

“갑자기 바쁜 일이 생겨서. 여기 일이 항상 그렇잖아.”

절대로 헌터가 되었다는 얘기는 할 수 없다. 예전 아니 미래인가. 아무튼, 29살의 나이에 각성자가 되었을 때도 어머니는 걱정이 너무 심하셔서 늘 그 문제로 제법 많이 다투었었다.

그냥 회사 출근하는 걸로 아시는 게 유정상이나 어머니에게는 편한 일이었다.

굳이 필요 없는 분란을 만들고 싶지 않았기 때문이다.

“그래. 우리 아들 열심히 해. 그래도 너무 무리는 하지 말고.”

“알았어. 다녀올게.”

“그래. 길조심하고.”

이 나이에 저런 얘기를 들으니 절로 웃음이 나왔다.

그렇게 집을 나서는데 문밖에 붉은색의 이탈리아산 고급 스포츠카가 서 있는 게 보였다.

람보르머시기 하는 놈으로 알고 있는 차였다.

사실 이쯤 되면 슈퍼카라고 불러야 되는 그런 종류의

차였다. 완전 납작해서 땅에 쫙 붙어 달리는 그런 종류 말이다.

"이거 왜 남의 집 앞에 세워 놓은 거야?"

슈퍼카든 뭐든 간에 어쨌든 집 앞에 세워져 있으니 짜증이 났다.

차 빼라고 연락하려 했지만 앞 유리에 전화번호도 없다.

살짝 찌푸린 얼굴의 유정상이 슈퍼카를 피해 근처 자신의 차를 세워둔 주차장으로 이동하려 했다. 그런데 슈퍼카에서 누군가 내린다.

"여. 유정상."

"……?"

선글라스를 낀 푸른색 양복을 입은 사내가 약간은 건들거리며 유정상을 부르자 그를 향해 돌아보았다.

순간 누군지 몰라 유정상이 고개를 갸웃거렸다.

그러자 선글라스의 사내가 입을 삐죽거렸다. 그리고는 선글라스를 벗으며 투덜거리듯 말했다.

"야, 섭섭하네. 며칠 지났다고 그새 내 얼굴을 까먹었냐?"

이 말투와 얼굴.

이제야 기억이 떠올랐다.

"방지훈?"

"젠장, 공지훈이다. 이름 좀 똑바로 기억해!"

선글라스의 사내, 공지훈이 버럭 소리쳤다.

그렇지만 유정상의 표정이 차가워졌다.

"어떻게 우리 집을 안거지?"

유정상의 날선 말에 흠칫 놀란 공지훈이 어색하게 웃었다.

"야야. 너무 그렇게 쏘아보지마라. 무섭다."

"……."

"알았어. 알았다고. 남자가 왜 그렇게 예민하고 그래. 일단 자세한 것은 근처 호텔이나 가서 이야기 하자고."

그 말에 유정상의 얼굴이 찌푸려졌다.

"호텔? 난 남자랑 그런 취미 없다."

"뭐?"

공지훈이 눈동자를 굴리며 잠시 생각하더니 피식 웃고 말았다.

"이런, 미친. 나도 그런 취미 없거든. 커피나 한잔 하자는 말이다."

"커피 한잔하려고 호텔에 가냐?"

"당연하지."

공지훈의 입장에서는 커피란 호텔에서 마시는 게 당연한 거였다.

"아무튼 난 바쁘니까. 너랑 노닥거릴 시간 없다."

"어디 가는데? 던전?"

공지훈의 질문에 귀찮다는 듯 곧바로 돌아서서 동네 주차장으로 향해 걸어갔다. 그러자 서둘러 유정상을 따라붙은 공지훈이 수다를 떨었다.

"갑자기 찾아와서 기분 나빴다면 사과할게. 사실 네가 던전에서 안전지대를 회수해 버리는 바람에 4대 길드 놈들이 난리법석을 떨었다는 소식에 얼마나 통쾌했던지 말이야. 그래서 그때 다시 네 생각이 난거야. 그리고 네가 이 동네 PC방에서 '블랙로브'란 아이디로 글을 쓰던 모습이 CCTV에 잡힌 걸 보고 이 동네를 수소문했지. 혹시 등록된 각성자 중 유정상이라는 인물이 있는지 말이야. 그래서 찾은 거야. 그러니까 너무 기분 나빠 하지 마. 나도 더러운 뒷조사 같은 건 별로 좋아하지 않으니까."

속사포처럼 떠들어 대는 공지훈의 얘기를 들으니 대충 상황이 이해가 되었다.

그러나 여전히 아무 말 없이 주차장으로 향하자 공지훈이 머리를 벅벅 긁으며 다시 말했다.

"아, 진짜. 미안하다니까."

"알았으니까. 이젠 돌아가 봐."

"저기, 네가 가는 던전 말이야. 같이 가면 안 될까?"

"뭐하려고?"

"그냥, 널 도와 사냥이나 하면서……."

"레시피 알아내려고?"

그 말과 동시에 걸음을 멈춘 유정상이 천천히 공지훈에게 돌아섰다.

그리고는 살벌한 눈빛을 하더니 주먹을 불끈 쥔다.

"죽을래?"

"헉!"

진짜 죽일지도 모른다는 공포감이 공지훈의 등골을 스치고 지나갔다.

❖ ❖ ❖

"우리 길드에 들어오시겠다고요?"

"네. 여기 분명히 유정상 그 녀석이 소속되어 있는 건 맞죠?"

송대호의 앞에 앉은 사내는 공지훈이었다.

느닷없이 '화이트 스톰' 길드가 소유한 5층 건물에 찾아온 공지훈이 자신의 5급 각성자 등록증을 제시하며 대표를 만나고자 했고 소식을 들은 송대호가 그를 자신의 방으로 안내했다.

그런데 응접실 소파에 앉자마자 묻는 질문이 유정상 이야기다.

"일단은 그렇습니다만. 그건 왜 물으시죠?"

"제가 그 녀석 친구거든요. 그런데 그 녀석 어디 소속인지 알아보니까 여기로 되어 있기에 말이죠."

"물론 서류상으로는 소속이 맞습니다만, 실제론 여기 출근은 하지 않습니다."

"뭐, 상관없어요. 녀석이랑 같은 소속이면 되는 거니까.

저 여기 들어오고 싶은데 괜찮겠죠?"

공지훈은 무려 5급의 각성자다.

대표인 송대호가 7급이니 대표보다도 두 단계나 높은 헌터를 마다할 리가 없지 않은가?

"길드 활동은?"

"그건 패스. 그냥 정상이 녀석이랑 같은 길드원이면 족하니까. 그리고 만약 녀석이 혹시라도 길드 일에 참가한다면 저에게도 연락주세요. 그럼 저도 참석하죠."

거들먹거리지는 않았지만 충분히 거만한 느낌의 말이었다. 그러나 그 정도만으로도 송대호는 만족이었다.

길드에 이만한 고위급 각성자가 있다는 것만으로도 충분히 도움이 되니까.

하지만 공지훈의 이야기는 여기가 끝이 아니었다.

"길드에 개인자격으로 지원도 할 테니까. 길드에 끼워줘요."

그렇게 말하며 자신의 명함을 내밀자 송대호가 그것을 받아들었다. 그리고 명함을 읽던 눈이 크게 떠졌다.

'제로그룹' 공지훈.

제로그룹은 한국인이라면 모르는 사람이 없을 정도로 유명한 대기업이었다.

거기다 창업주가 공 씨.

그의 막내아들이 대단한 각성자라는 것도 이쪽 세계에선 나름 유명했다.

물론 얼굴은 잘 알려지지 않았지만 말이다.

아무튼 5급의 각성자가 개인적으로 지원까지 하겠다며 길드에 들어오겠다는데 이를 마다할 길드장이 있을 리 없다.

"어때요? 오케이?"

"아, 알겠습니다."

"앞으로 잘 부탁드릴게요."

❖ ❖ ❖

2시간을 달려 찾아온 곳은 한적한 시골의 나이트버드 2호 던전.

5등급의 던전으로는 유정상이 처음 경험하는 곳이다.

입장료는 300만 원.

그런데 입구에 사람들이 많이 몰려 있었다.

유정상이 사무실에 다가가 직원에게 상황을 물었다.

"엊그제 들어간 팀 전원이 행방불명되었대요."

중년의 남자 직원이 혀를 차며 말했다.

"그리고 저 사람들은 그 같은 길드원들인데 방금 전에 들어간 팀을 기다리고 있는 겁니다. 그런데 아무래도 분위기가 이상한 게 이번에도 실종된 것이 아닌가 싶어요."

별로 드문 일은 아니다.

아무튼 그 말에 고개를 끄덕인 유정상이 카드를 내밀었다.

"지금 들어가시게요? 그것도 혼자서?"

"네."

"위험할 텐데 조금 잠잠해지면 들어가시지 않고."

직원이 조금 걱정스럽다는 표정으로 유정상을 말렸다. 하지만 유정상은 그저 어깨를 으쓱해 보일뿐이었다.

"각성자가 위험했던 게 어제오늘일도 아닌데요. 뭘."

"그거야 그렇지만. 혼자라니. 단체로 들어간 팀도 행방불명되었는데."

"카드."

유정상이 카드를 다시 내밀자 하는 수 없다는 표정을 지어보이더니 고개를 끄덕였다.

"알겠습니다."

그렇게 카드로 300만 원을 결제하고 던전 안으로 들어섰다.

유정상이 던전에 들어서는 동안 입구에서 기다리던 각성자들이 유정상의 모습을 보며 의아해 한다.

아마도 이런 어수선한 상황에서 던전에 혼자 들어가니 미쳤다고 생각하는 듯 보였다.

그렇게 던전 안으로 들어서자 곧바로 출근용 가짜 헌터 슈트에서 전사의 로브로 옷이 바뀐다.

그리고 커서가 머리에서 분리되며 부르르 떨고는 미션을 하달했다.

[미션]

[마계의 생물 '주주밍' 을 소탕하라.]

[마계의 생물 '주주밍' 이 나타나 던전의 생태계를 교란시키고 있다. 빨리 소탕하지 않으면 던전의 질서가 파괴되며, 계속 방치될 경우 다른 던전에까지 영향을 줄 것이다.]

[미션 실패 시 5레벨의 하락과 함께 3만 골드가 사라진다.]

[미션 수행까지 남은 시간 24시간]

[미션을 수행할 아이템이 주어집니다.]

인벤토리에 새로운 아이템이 생겨났다.

[진실의 부적]

[진실의 백마법이 담겨 있는 부적.]

[마물에게 강력한 힘을 발휘한다.]

[단, 사용시간은 24시간에 한정된다.]

"주주밍? 네이밍 센스가 참."

"삐이이."

백정을 내려다보던 유정상이 뭔가 떠올랐는지 어색하게 웃었다. 누가 누굴 욕할 입장이 아니라는 걸 스스로도 느꼈던 것이다.

헛기침을 한 번 한 다음 인벤토리를 열어 진실의 부적을 꺼내자 번쩍하더니 왼손바닥에 황금색의 복잡한 문양의 그림이 새겨졌다.

"뭔가 굉장한 느낌이네."

손바닥의 황금색 그림을 자세히 들여다보며 신기해하는데 근처에서 괴이한 소리가 울렸다.

"크루우우우우!"

그 소리에 반응한 백정이 땅속으로 파고들어가 버렸다.

은신 스킬을 시전하며 소리가 들려온 곳으로 이동하자 붉은색 트롤 한 마리와 몇 마리의 검은 진액으로 둘러싸인 둥근 형태의 벌레 모양 몬스터 여러 마리가 대치하고 있는 모습이 보였다.

트롤이 으르렁거리고는 있었지만 괴물들에게 몰리고 있는 상황이었다.

커서를 가져가 괴물의 정체부터 확인했다.

[이름: 주주밍(마계의 생명체)]

[레벨: ?]

[공격력: ?]

[방어력: ?]

[생명력: ?/?]

[힘: ?]

[민첩: ?]

[체력: ?]

[지능: ?]

'이놈들이 주주밍이군.'

이름이 주주밍이라는 것과 마계의 생명체라는 사실 이외엔 전혀 정보가 나타나지 않는 녀석들이었다.

그런데 그때였다.

덥석.

꿀꺽.

트롤을 순식간에 삼켜 버린 주주밍.

"엇?"

아무것도 없다고 생각한 몸뚱이가 쩍하고 갈라지면서 커다란 입이 생겨나더니 곧바로 트롤을 삼켜버린 것이다.

그런데 더 놀라운 건 잠시 후 벌어졌다.

주주밍이 부르르 떠는가 싶더니 몸에서 또 다른 주주밍 한 마리가 떨어져 나온 것이다.

'뭐, 뭐야?'

유정상의 표정이 황당함에 물들었다.

이런 식으로 번식하는 놈들이 있다는 건 처음 알았다.

'저런 식으로 개체수를 늘려가는 건가?'

그제야 던전 생태계를 교란시킨다는 설명을 이해했다.

이런 식이라면 던전 내의 모든 몬스터가 저 주주밍이라는 괴물로 가득 차는 것도 시간문제가 아닌가? 단순하게 생각하더라도 저런 식으로 늘어나는 놈들을 유정상 혼자만으로 어떻게 해결하라는 말인가?

그렇다고 군주 포인트를 사용해 지배 몬스터들을 소환

하자니 그것도 문제.

만약 그 녀석들까지 삼켜지면 오히려 놈들의 숫자만 불리게 되는 꼴이다.

각성자들도 아마 저놈들에게 삼켜져서 결국은 저 꼴이 되었을 터.

그렇게 잠시 인상을 찌푸리고 있는 사이 곧 주주밍들이 사방으로 흩어졌다.

그 중 한 마리를 따라 이동하다가 완전히 혼자가 되는 것을 확인하고는 은신 스킬을 사용하며 가까이 접근했다.

그런데 일정 거리 이내로 다가가자 왼쪽 손바닥이 간질거렸다. 손바닥을 확인하니 진실의 부적에 빛이 어렸다.

뭔가 하는 생각을 하기도전에 곧바로 본능적으로 왼손을 녀석에게 뻗었다.

그러자 왼손에서 뻗어 나온 금빛의 에너지가 주주밍을 덮쳤다.

"크루우우우!"

놈이 갑작스런 사태에 놀라 펄쩍 뛰더니 여섯 개의 다리를 바닥에 내려찍으며 고통스러워했다. 그리고는 곧바로 유정상의 존재를 인식했다. 곧바로 숨겨 졌던 입을 드러내고는 빠른 속도로 유정상을 덮치려 했지만 커서가 놈을 저지시켰다.

"쿠루우우우!"

놈이 커서에 막혀 버둥거렸다.

그리고 잠시 후 주주밍의 검은 몸체가 녹아내리기 시작했다.

그와 동시에 몸속에 있던 트롤 한 마리를 뱉어내더니 그대로 연기를 뿜으며 산화해 버렸다.

털썩.

바닥에 떨어진 트롤.

커서로 확인하니 상태창이 뜨는 걸로 봐서는 죽지는 않은 상태였다. 다만 정신을 차리지 못하고 기절한 상태일 뿐.

그런데 놈의 몸에 은은하게 비춰지는 부적의 문신이 보였다.

그것을 확인하자 [진실의 부적 에너지가 작용 중]이라는 글자와 함께 [주주밍이 싫어한다]라는 부연설명이 되어있다.

결국 부적으로 놈을 처단하고 튀어나온 생명체는 진실의 부적 힘이 새겨진 탓에 놈들이 싫어하는 성질을 띠게 된다는 것이다.

그렇다는 건 일단 이 놈들이 다시 주주밍으로 변할 리는 없다는 것만은 확실하다.

그런데 주주밍이 사라진 자리에 100골드짜리 돈 자루 두 개와 몇 개의 아이템이 보인다.

특히 그 사이에 보이는 종잇조각.

[주주밍의 객체 확인 맵]

[던전 내 주주밍의 객체를 확인할 수 있다.]

안 그래도 녀석들이 얼마나 분포하고 있는지 확인하기 힘들었는데 이런 식으로 곧바로 확인이 가능한 아이템이 생성되어 다행이었다.

그런데 맵을 들여다보고는 기겁할 수 밖에 없었다.

대략적인 던전 지도상에 표시된 붉은 점들이 엄청나게 많았고 좌측 상단에 숫자를 보고는 입이 떡 벌어지고 말았던 것이다.

"3,122마리?"

던전 안에 있는 주주밍의 숫자였다.

그러나 더 끔찍한 건 그 숫자가 조금씩 늘어나고 있다는 사실.

유정상은 방금 겨우 한 마리를 잡았을 뿐인데 맵을 들여다보고 있는 그 순간에도 벌써 세 마리나 늘어나버렸다.

"이런 식이면 잡는 것보다 늘어나는 게 많은데."

덕분에 새로운 고민에 빠져 한숨이 절로 나온다.

잡는 게 어렵지는 않지만 혼자서는 무리다.

일일이 쫓아다니며 한 마리씩 잡아 모두를 없애는데 얼마만큼의 시간이 소요될지 알 수가 없다. 한 달, 아니 1년이 넘게 걸릴지도 모르고 어쩌면 영원히 불가능할지도 모를 일이다.

그런데 자신에게 주어진 시간은 고작 24시간에 불과했다.

"젠장. 어떻게 하라는 거야?"

한숨을 쉬며 투덜거리던 유정상은 일단 사냥을 시작했다.

고민만 하고 있어 봐야 답이 나올 것 같지도 않았으니 일단 사냥이라도 해야겠다는 생각을 한 것이다. 어쨌거나 번식의 속도를 조금이라도 늦추어야 한다는 생각에 빠르게 움직였다.

"쿠루우우우우!"

17번째 주주밍이 녹아내리며 칼 멧돼지를 뱉어낸다.

그리고 다시 맵을 확인해 보았다.

"젠장. 3,325마리? 더 늘어났잖아."

숫자를 확인하고는 힘이 빠져 자리에 털썩 주저앉고 말았다.

신나게 잡고 있었지만 늘어나는 걸 막을 방도가 보이지를 않았다.

마치 끝없는 사막 한복판에 내던져진 기분이랄까, 답이 보이지 않아 절망스러웠다.

그런데 그때 붉은 점박이 표범과 주주밍이 대치하고 있는 모습이 눈에 들어왔다.

주주밍이 점박이 표범의 기세에 밀려 뒤로 물러나고 있었다.

하지만 자세히 보니 점박이 표범은 유정상이 아까 사냥한 주주밍의 몸속에서 나온 녀석이었다. 그리고 지금 주주밍이 물러서는 이유는 몸에 은은하게 새겨진 부적의 표시로 인한 일임을 알게 되었다.

그것을 보며 다시 맵을 살펴본다.

사방에 흩어져 있는 붉은 표시들.

그리고 숫자는 아직도 조금씩 늘어나고 있다.

잠시 고민에 빠져 있던 유정상이 곧바로 활력의 불꽃을 꺼내 모닥불을 피워 올렸다.

모닥불에 앉아 은은한 기운을 즐기며 다시 생각에 잠겼다.

그리고 뭔가를 생각해낸 유정상이 곧바로 활력의 불꽃을 회수하고 군주 포인트를 확인했다.

'260점'

그것을 보며 고개를 끄덕인 유정상이 1점을 사용해 송곳 원숭이 한 마리를 소환했다.

그러자 유정상보다 더 커다란 덩치의 송곳 원숭이가 눈앞에 나타났다.

그리고 유정상의 명령을 기다리는지 원숭이과 특유의 동작으로 머리를 긁적이며 가만히 서 있었다.

그 모습을 잠시 바라보다 유정상이 왼손을 녀석에게 뻗었다.

그러자 이번에도 부적의 기운이 송곳 원숭이에게 뻗어나갔다.

에너지가 녀석을 감싸더니 곧이어 몸에 부적의 표식을 새긴다.

'일단 원숭이의 몸에는 새겨졌다.'

그리고 곧바로 맵을 확인한 뒤 송곳 원숭이를 데리고 가장 가까이 있는 주주밍을 향해 이동했다.

주주밍 두 마리가 주변을 어슬렁거리는 모습이 눈에 들어왔다.

그런데 녀석들이 유정상이 서 있는 방향으로 몸을 돌린다.

곁에 있던 송곳 원숭이가 유정상의 명령을 받고 그곳으로 어기적거리며 걸어간다.

그러자 주주밍 두 마리가 흠칫하더니 곧 뒤로 물러서는 게 아닌가?

'역시 생각대로다.'

소환수에게도 영향을 준다는 사실을 알게 되자마자 일단 두 마리를 차례대로 부적의 표식을 사용해 소멸시키고 곧바로 남은 모든 군주 포인트를 사용해 원숭이들을 소환하기로 결정했다.

평소라면 가장 약한 원숭이들만 소환하는 경우는 별로 없을 테지만 지금 숫자와 기동성이 제일 중요하다.

그리고 어째서 군주의 인장으로 원숭이들을 먼저 얻으라는 미션이 내려졌는지 알 수 있었다.

'이런 상황을 미리 예견하고 있다는 건가?'

하지만 지금은 그런 의문에 빠져 있을 때가 아니라는 생각에 곧바로 소환을 했다.

[군주의 스킬을 사용합니다.]

[현재 남은 군주 포인트는 259점입니다.]

[포인트를 모두 사용하시겠습니까?]

"그래."

[소환 몬스터의 종류는 기존에 지정된 상태로 하시겠습니까?]

미리 골고루 종류별로 분배해 두었던 상황이었다.

"아니. 모두 송곳 원숭이로."

[남은 군주 포인트 259점 모두를 사용해 송곳 원숭이를 소환합니다.]

[소환 가능시간은 현재의 능력으로 2시간입니다.]

[하지만 미션 특수상황을 고려해 시간이 추가로 22시간 늘어납니다.]

[소환시간이 끝나면 소멸 후 24시간 후 다시 포인트가 재생됩니다.]

번쩍!

점수가 빠르게 줄어들며 유정상의 근처에 259마리의 송곳 원숭이들이 소환되었다.

인간을 월등히 넘어서는 거대한 덩치의 송곳 원숭이들이 눈앞에 한꺼번에 나타나니 그것도 나름 장관이라면 장관이었다.

무질서하게 도열되어 있기는 했지만 나름 머리를 긁적인다거나 약간씩 어기적거리는 행동 말고는 대부분 머리를 세우고 서 있는 모습이 제법 믿음직스럽다.

진정한 몽키킹의 위엄.

어쩐지 자신도 모르게 어깨에 힘이 들어간다.

'이러면 안 되지. 내가 원숭이의 왕도 아닌데.'

흥분되는 자신을 먼저 달랬다.

아무튼 그런 사소한 감정을 접어두고 빠르게 녀석들에게 일일이 부적을 새겼다. 260마리라고는 해도 하나하나 부적을 새기니 이것도 제법 시간이 걸렸다.

벌써 이런저런 일들로 인해 5시간 가량을 보내고 말았다.

마지막으로 백정에게도 진실의 부적을 새겨 넣고 마무리했다.

그리고 서둘러 유정상이 소환수들을 모아 명령을 내렸다.

"주주밍을 모두 이곳에 몰아라!"

유정상의 명령을 받은 소환수들이 순식간에 주변으로 흩어졌다.

사실 소환수들은 유정상의 말을 알아듣는 건 아니다. 그저 그가 하는 생각을 느낄 뿐.

아무튼 흩어진 녀석들이 유정상의 명령을 이행하기 위해 바쁘게 돌아다녔다.

그리고 몇 분후 원숭이 무리가 40여 마리의 주주밍을 몰이하며 나타났다.

녀석들에게 일일이 유정상이 부적의 빛을 쏘아 소멸시켰다.

처음보다는 월등히 빨라졌고, 맵에 있는 숫자도 조금씩이지만 줄어들고 있었다.

그러나 문제는 시간과 놈들의 숫자였다.

'이런 식으로는 시간이 너무 오래 걸려.'

거기다 소환수들도 24시간 후면 역소환 되어 버리기 때문에 무작정 이 방법만을 고수하기엔 어려움이 따랐다.

그렇게 계속 부적으로 소멸시키다 문득 떠오른 생각에 혹시나 하며 손바닥 위로 커서를 보냈다. 그리고 그것을 클릭했다.

그런데 깜박거리며 부적이 나타났다 곧 사라져 버린다.

이번에 손바닥 위에 커서를 가져가 클릭상태로 만들자 화살표가 손 모양으로 바뀌며 부적을 쥐고 있는 형태가 되었다.

'되는 건가?'

그 상태로 송곳 원숭이들에게 둘러싸여 도망도 못 치는 주주밍들 몸 위로 그것을 지나쳐 가자 놀랍게도 똑같은 효과가 발생했다.

"크루우우우우!"

주주밍들이 비명을 지르며 녹아내리기 시작한 것이다.

한 마리씩 소멸시키는 것과 결과는 전혀 다르지 않았다.

"좋아!"

이 방법이 통했다는 걸 확인한 유정상이 좋아하는 사이 새로운 주주밍들을 송곳 원숭이들이 몰고 왔다. 이번에는 대략 80여 마리.

손바닥에서 커서로 부적을 움켜쥔 뒤 드래그로 모두 긁어 버렸다.

그러자 이번에도 거친 소리를 지르며 소멸, 그리고 많은 숫자의 몬스터를 뱉어 낸다.

"할 수 있겠어!"

그런데 한꺼번에 많은 숫자의 주주밍을 소멸시키다보니 그 자리에 생겨난 몬스터들의 숫자도 장난이 아니다.

이 많은 돈 덩어리들을 모조리 죽여 도축해 버리고 싶은 마음이 굴뚝같았지만 지금은 그럴 여유가 없다.

일단 송곳 원숭이들을 시켜 주주밍이 소멸되며 나타난 몬스터들을 어디로 옮길까 고민하다가 근처에 있는 절벽에 모두 던져버리게 했다.

녀석들이 다시 깨어난다면 그것도 그거대로 골치가 아프기 때문이었다.

어차피 지금 몬스터들이 모두 죽는다고 해도 시간이 지나면 리젠이 될 터였다.

그런데 그 많은 몬스터 사이에 사람이 두 명 섞여 있었다.

송곳 원숭이들은 그들도 들어 절벽으로 던져 버리려 하자 화들짝 놀란 유정상이 서둘러 녀석들을 말렸다.

인간이 그 사이에 있을 거라는 걸 깜박한 것이다. 그래서 녀석들에게 인간은 제외시키라는 명령을 추가로 내렸다.

그리고 바로 활력의 불꽃을 사용해 안전지대를 만들었다. 그리고 더불어 커서를 이용해 그 안에 그들을 옮겨 넣었다.

그사이 부지런히 주변정리를 마치자 순식간에 치워진 자리.

잠시 후 다시 100마리에 가까운 주주밍들을 몰고 나타난 원숭이들, 이번에도 부적을 이용해 모두 소멸시켰다. 이번에도 몇 명의 사람이 그 속에서 나왔다.

이들 역시도 커서로 들어 안전지대로 옮기고 나머지 몬스터들은 원숭이들이 절벽 쪽으로 이동시켰다.

그런데 그때 안전지대에 있던 몇 사람이 깨어나기 시작했다.

그리고는 자신들이 검은 괴생명체에 의해 삼켜졌었다는

사실을 기억해냈다. 그런데 어쩐 일인지 지금은 안전지대에 있었고 안전지대 밖에선 뭔가 소란스런 모습이다.

그들이 있는 주변에서 벌어지는 기괴한 모습에 모두의 눈이 크게 떠졌다.

"지, 지금 무슨 일이 벌어지고 있는 거지?"

"나도 몰라."

깨어난 사람들은 그들 주변에 엄청난 숫자의 몬스터들이 바글거리며 뭔가 분주하게 움직인다는 사실만으로도 두려움에 온몸이 굳어버릴 것 같았다.

덕분에 그들은 감히 안전지대 밖을 나갈 엄두를 내지 못하고 있었다.

바깥엔 검은 괴생명체 이외에도 엄청난 숫자의 원숭이 몬스터까지 우글거리고 있으니 몇 명의 각성자들이 할 수 있는 일 따위는 전혀 없었던 것이다.

그런 와중에 깨어난 한 사람이 온몸을 떨며 그것을 바라보다 곧 뭔가를 떠올리더니 자신이 메고 있던 가방을 풀었다.

그리고는 곧바로 가방을 뒤지더니 원하던 물건을 확인하고는 서둘러 꺼내었다.

던전 카메라.

던전 내부 상황을 촬영하기 위해 들어왔던 방송국 출신의 9급 각성자였다. 그러나 동료들이 모두 괴물들에게 먹히는 상황이 발생하자 카메라를 가방 속에 넣고 도망치다 결국 그도 먹히고 말았던 것이다.

하지만 다행히 그의 가방엔 카메라가 잘 보관되어 있었다.

그가 지금의 상황을 찍기 시작했다.

그들 앞에 수많은 검은 괴생명체와 원숭이 몬스터의 무리들, 그리고 검은 로브의 사내.

현재로서는 상황파악보다 일단 영상을 담는 게 먼저라는 생각에 무조건 눈에 보이는 건 다 찍었다. 물론 안전지대를 나가는 건 자살행위라고 판단한 그는 그곳을 벗어나지 않는 범위 내에서만 촬영했다.

그래도 이 흥분되는 장면에 온몸이 희열로 부들부들 떨려왔다.

던전에서 빠져 나갈 수만 있다면 대박영상이 될 것이 분명했다.

유정상은 맵을 확인했다.

어느새 2,000마리 가까이로 줄어들었다.

그 와중에 다시 송곳 원숭이와 백정이 200여 마리의 주주밍들을 몰고 왔다.

그 놈들도 커서로 부적을 쥐고는 긁어 버리며 순식간에 소멸시켜 버렸다.

그런데 시간이 지나며 그렇게 횟수가 늘어나다보니 송곳 원숭이들도 슬슬 지쳐갔다.

그중에 체력이 떨어지는 녀석들은 주변에 벌써 널브러져 있었다.

하지만 군주 포인트는 이미 모두 소모한 상황.

아깝지만 클린볼을 몽땅 풀기로 했다.

그동안 자신에게도 아끼며 사용하던 아이템이지만 지금은 그럴 상황이 아니다.

송곳 원숭이들에게 클린볼을 뿌리기 시작했다.

하지만 40마리의 원숭이들에겐 결국 클린볼을 사용하지 못했다. 당연히 모두 소모한 탓이다.

하는 수 없다는 생각에 쓰러진 몬스터 몇 마리를 기절한 상태에서 때려죽이기 시작했다.

뭔가 비겁해 보이기는 하지만 그 생각도 잠시였다.

그렇게 다시 중급의 클린볼을 추가로 확보한 후 남은 녀석들에게 골고루 뿌렸다.

그러자 송곳 원숭이들과 백정의 주주밍 몰이사냥이 다시 시작됐다.

유정상도 슬슬 지쳐가고 있는지라 결국 자신에게도 클린볼을 몇 개 떨어뜨린다.

몸에 퍼져나가는 청량한 기운.

온몸에 쌓여가던 피로감이 한꺼번에 배출되는 것 같은 희열이 온몸에 느껴졌다.

어느 정도 활력을 찾자마자 정신을 차린 유정상이 계속 몰려오는 주주밍들을 다시 소멸시키기 시작했다.

어느새 송곳 원숭이들이 몰고 오는 숫자도 거의 줄어들었고, 맵을 확인해보니 남은 녀석들도 100마리 정도다.

그런데 남은 주주밍들의 위치가 유정상이 있는 장소에서 조금 떨어져 있다.

이젠 여기까지 몰고 오는 것보다 그냥 찾아가는 게 빠를 것 같았다. 물론 몇 마리는 유정상이 이동한 장소로 몰고 와야 할 테지만 어쨌든 장소를 옮겨야 했다.

위치를 확인한 유정상이 놈들을 찾아 그 자리를 빠르게 벗어났다.

안전지대에서 지금까지의 일들을 지켜보고 있던 수십 명의 사람들이 화들짝 놀랐다.

지금까지 몇 시간에 걸쳐 일어난 황당한 일에 정신이 없었는데 모든 것을 지휘하던 그가 갑자기 자리를 떠 버리자 모두 놀라 벌떡 일어선 것이다.

카메라로 이 모든 상황을 찍고 있던 남자도 블랙로브를 찾았지만 역시나 그는 사라지고 없었다.

"어디로 간 거지?"

"글쎄? 그나저나 그 괴상한 괴물들을 없애는 거 봤어? 어떻게 그런 게 가능한 거야?"

"뭔가 번쩍번쩍 하는 거 밖에는 본 게 없는데, 그냥 막 녹아 버리던데."

"안전지대를 만든 사람이야. 우리 상식으로 이해하는 게 말이 되지 않지."

"하긴."

모두 수군거리다 곧 자신들의 상황을 알아차렸다.

"이제 빠져나가야 하는 거 아니야?"

"맞아. 지금은 안전하지만 블랙로브가 언제 회수해버릴지 모르니까."

그렇게 대화하던 도중 누군가 소리쳤다.

"누구 귀환석 없어요?"

그러자 모두 자신들의 소지품을 뒤지기 시작했다. 그러다 곧 누군가 자신의 가방에서 귀환석을 찾았다며 소리쳤다.

이미 안전지대에서 피로와 부상을 모두 고친 상황에서 곧바로 출구 게이트를 열어 빠져나가기 시작했다.

✣ ✥ ✣

유정상은 빠르게 이동하며 사이사이에 소환수들이 몰고 오는 주주밍들을 소멸시켰다.

그리고 다시 맵을 확인했다.

시간은 아직 10시간 정도 남았지만, 문제는 주주밍들이 너무 흩어져 있다는 사실이었다.

그나마 오우거의 탄력 부츠로 인해 평상시보다 월등히

빠른 속도로 이동하고는 있었지만 던전이라는 장소가 워낙 넓다는 게 문제였다.

"헉. 헉."

극한의 피로.

결국 다시 클린볼을 몸에 떨어뜨렸다.

어느 정도 회복되기는 했지만 이런 식으로 몸을 계속 혹사시켰기에 클린볼만으로 해결되지 않고 피로가 조금씩 누적되고 있었다.

"크루우우우우!"

다시 십여 마리의 주주밍을 소멸시켰다.

남은 놈은 5마리.

그나마 다행이라면 놈들의 습성상 그렇게 심하게 멀리 이동하지는 않았다는 점이다.

유정상은 이동의 팔찌로 스파이더맨처럼 이동까지 해가며 마지막 녀석과 조우했다.

"헥. 헥. 네가…… 그래도…… 마지막 이네. 그……나마 늦……지 않아…… 다행이다. 헥. 헥."

남은 시간은 2시간.

그나마 죽어라 움직였기에 이렇게 마지막 녀석을 만날 수 있게 되었다.

마지막 남은 주주밍은 주변에 잔뜩 깔려 자신을 둘러싸고 있는 송곳 원숭이 무리에 벌벌 떨며 주춤거리고 있었다.

"잘 가거라. 짜샤."

그리고 마지막 주주밍을 소멸시켰다.

[미션완료.]

[마계의 괴물 주주밍 소탕에 성공하셨습니다.]

[던전의 생태계를 교란하던 주주밍이 사라짐으로 인해 던전은 원래의 활기찬 모습으로 돌아갈 것입니다.]

[당신의 희생정신으로 이곳은 더 이상 주주밍이 발붙일 수 없을 것입니다.]

[보상으로 중급의 은신 스킬북과 3만 골드, 그리고 활력의 불꽃, 냠냠플레이어의 냄비2가 주어집니다.]

[레벨이 올랐습니다.]

[18레벨이 되었습니다.]

"오오. 대박이다. 개고생한 보람이 있어."

레벨이 오른 데다가 많은 아이템이 유정상을 기쁘게 했다.

그런데 피곤에 절은 유정상의 눈앞에 황당한 글이 떠올랐다.

[연계미션 발생.]

"씨발!"

곧바로 터져 나오는 욕.

[차원의 틈을 막아라.]

[던전에 차원의 틈이 발생해 문제의 여지가 계속 생성되고 있다.]

[차원의 틈을 막아야 완전한 던전의 안정화가 이루어 질 것이다.]

[미션을 해결하지 못할시 5레벨의 손실과 함께 4만 골드가 사라진다.]

[미션 수행까지 남은 시간 48시간.]

[미션을 수행할 아이템이 주어집니다.]

그리고 곧바로 인벤토리에 책이 하나 생성되었다.

[전설의 격투가 '무차이'의 보법 스킬북]

[무패 전적의 최강 격투가 무차이가 쓰던 보법으로 근접 싸움에 특화된 신법이다.]

안 그래도 주먹을 사용하는 유정상에게 반드시 필요한 스킬이었다.

[스킬을 익히셨습니다.]

[무차이 보법 초급]

일단 실험을 위해 주주밍을 소멸시키고 풀려난 녀석들 중 칼 멧돼지와 승부를 걸어 보았다.

놈이 콧김을 뿜으며 유정상에게 달려들었지만 가볍게 피해 내며 주먹 지르기 한방으로 쓰러뜨렸다.

원래라도 가볍게 피하는 건 문제가 되지 않지만 그 움직임에 차이가 있었다.

보법을 사용하기 전엔 그저 몸을 빨리 움직여 피했다면 보법 사용 후엔 빠른 움직임보다는 물 흐르듯 자연스런 동작으로 피해냈다는 사실이었다.

"이런 거구만."

뭔가 알겠다는 듯 고개를 끄덕였다.

그 상태로 빠르게 커서의 방향을 확인하며 이동했다.

차원의 틈을 막는다는 다소 황당한 미션이기는 했지만, 이제까지 미션들도 솔직히 상식적인 건 아니었으니 그냥 해본다는 단순한 생각을 가졌다.

"그 전에 말이지. 좀 쉬어야겠다."

그리고는 곧바로 인벤토리에서 활력의 불꽃을 꺼내 마땅한 자리를 찾아 모닥불을 피웠다. 동시에 간단한 침낭도 꺼내 그 속에 몸을 뉘었다.

두어 시간 자고나면 개운해 질것이다.

✣ ❈ ✣

사람들이 던전을 빠져나오자 입구 근처에 모인 사람들은 경악하고 있었다. 당연히 모두 사망했을 거라고 생각하던 차에 모두가 무사히 빠져나왔으니 기적도 이런 기적이 없었다.

그런데 빠져 나온 사람들이 놀라운 사실을 전해주었다.

블랙로브.

바로 소문의 그 사내가 나타났다는 것이다.

특히나 살아 돌아온 각성자 중 카메라를 가지고 있던 사람이 공개한 영상은 그야말로 충격 그 자체였다.

그리고 그날 저녁 케이블 채널 JKBC의 '극한던전을 가다' 에서 특종영상을 공개했다.

"블랙로브의 던전 내 활약이 담긴 영상을 입수하셨다고요?"

진행자 고현아가 흥분한 목소리로 질문하자 김성우가 고개를 끄덕였다.

"그렇습니다. 이번 영상은 블랙로브를 만나 목숨을 구할 수 있었던 각성자 중 한 사람이 던전 내에서 촬영한 영상입니다. 한번 보시죠."

던전의 내부가 영상에 보였다.

많은 사람들이 뭔가에 시선을 빼앗긴 채 있다.

그 시선을 따라 영상의 화면이 이동해간다.

많은 숫자의 검은 진액에 범벅이 된 추한 모양의 몬스터.

"저 몬스터는 뭐죠?"

고현아가 얼굴을 잔뜩 찡그리며 물었다. 그러나 김성우는 고개를 가로저으며 말했다.

"저도 알지 못하는 종류라 전문가들을 통해 알아보았습니다만 누구도 저 검은 몬스터에 대해 아는 사람이 없었습니다."

"처음 알려진 몬스터라는 건가요?"

"일단 그런 걸로 보입니다. 확인 결과 외국에서도 저런 몬스터는 출현한 사례가 없다고 합니다. 그 때문에 외국 전문가들도 이번 영상에 굉장히 관심을 보였다고 합니다."

영상이 입수된 지 얼마 되지 않았는데도 불구하고 이미 많은 조사가 있었던 것이다.

그런데 영상 속에 많은 원숭이 몬스터들도 보였다.

그것도 숫자가 수십 마리 정도가 아니다.

"저건 원숭이인가요? 아니면 고릴라?"

"송곳 원숭이입니다."

"숫자가 엄청나군요."

워낙 거대한 덩치라 얼핏 고릴라처럼 보일 수도 있었다.

그런데 송곳 원숭이들이 검은 몬스터들을 몰고 나타났다. 마치 양떼를 몰고 이동하는 양치기 개처럼 말이다. 물론 분위기는 굉장히 험악했지만.

"도대체 저건 무슨 상황이죠?"

"송곳 원숭이들이 검은 몬스터들을 한 장소로 몰이를 하고 있는 장면입니다."

"몰이요? 왜죠?"

"일단 장면을 보시죠."

그리고 송곳 원숭이들이 검은 몬스터를 잔뜩 몰아놓은 곳에 누군가 나타났다.

검은 로브를 뒤집어 쓴 사내의 모습.

송곳 원숭이들 몇 마리가 그의 주변에 서 있었고 나머지는 모두 검은색의 몬스터에게 달려들며 위협하고 있었다.

"앗, 블랙로브군요."

"그렇습니다."

"그럼 저 원숭이들을 블랙로브가 길들였다는 말인가요?"

"그건 정확하게 알아내지 못했습니다. 길들였는지 아니면 어떠한 능력으로 통제하고 있는지는 말이죠. 하지만 뭐가 되었건 이제까지 볼 수 없던 능력이라는 건 확실합니다."

검은 로브의 사내는 별다른 모션을 취하고 있지 않다. 그런데 그의 앞에 모여 있던 검은 몬스터들이 순식간에 터지듯 연기를 뿜으며 소멸해 버렸다.

"어머! 어떻게 저런 일이!"

고현아는 자신도 모르게 감탄성을 내뱉었다.

그 와중에도 화면은 계속 진행되고 있었다.

분주한 사람들의 무리 속에서 찍은 화면이라 그런지 흔들림도 심하고 시야도 그리 좋지 않았다. 그러나 진행자인 두 사람은 어느새 말없이 화면 속에 빨려 들어가고 있었다.

시끄러운 소리와 함께 송곳 원숭이들이 검은 몬스터들을 몰고 나타나자 카메라 영상 속 사람들이 흠칫 놀라는 모습도 간간이 보인다.

그리고 곧 블랙로브의 사내가 몬스터들에게 다가간다.

그렇게 다시 폭발하듯 사라지는 검은 몬스터들, 그리고 그것과 동시에 많은 몬스터들이 그 자리에 나타났다. 그럼 원숭이들이 축 늘어져 있는 몬스터들을 끌고 어디론가 이동시켰다.

그런데 몬스터들 사이에 쓰러져 있는 인간들도 보인다.

"아, 각성자들인가요?"

"그렇습니다."

"아!"

그 순간 인간들이 공중으로 떠오르자 고현아가 깜짝 놀랐다.

그런데 그렇게 떠오른 사람들이 안전지대 쪽으로 이동했다. 안전지대에 다다랐을 때 그곳에 있던 사람들이 그를 붙잡아 모닥불 옆으로 이동시켰다.

잠시 후 쓰러져 있던 남자가 깨어나자 곁에 있던 사람들이 그에게 물을 건네는 모습이 보였다.

"굉장해요. 블랙로브가 저런 식으로 각성자들을 구했군요."

고현아가 감동한 듯 두 손을 모으며 소리쳤다.

"그렇습니다. 안전지대에 있는 모든 사람을 저런 식으로 구해낸 것으로 보입니다. 그리고 방금 능력으로 봤을 때 그는 염동력의 능력자로 판단됩니다. 물론 정황상 복합 능력자로 보입니다만."

"놀랍군요."

그런데 갑자기 블랙로브가 쓰러진 몬스터 몇 마리에게 주먹을 휘둘러 죽이는 모습도 보인다.

"저건 무슨 행동이죠?"

고현아가 놀라며 김성우에게 물었지만 그는 고개를 가로저었다.

"몬스터야 당연히 사냥을 하는 게 정상입니다만. 역시 이제까지 검은 몬스터만 소멸시키다 갑자기 저 행동을 한 것에 대한 건 밝혀지지 않았습니다. 물론 그의 행동으로 봐서는 뭔가 이유가 있었을 것으로 판단됩니다."

"그렇겠죠. 아무런 이유 없이 저런 행동을 했을 리 없을 거예요."

어느새 고현아는 블랙로브의 행동에 정당성을 부여하고 있었다. 자신도 모르게 그의 팬이 되어버린 탓이다.

그런 고현아의 모습에 살짝 눈을 찌푸린 김성우가 살짝 고개를 절레절레 흔들고는 곧 그도 화면에 집중했다.

그런데 한참 동안 반복적인 상황이 계속되다 블랙로브의 사내가 갑자기 어디론가 사라져 버렸다. 그리고 송곳 원숭이들도 모습을 감추고 말았다.

곧이어 그것을 지켜보던 사람들이 짐을 챙기며 귀환석으로 출구를 만드는 장면에서 끝이 났다.

"후우. 도대체 뭘까요? 방금 그 장면들은?"

이제야 현실로 돌아온 고현아의 얼굴은 제법 상기되어 있었다.

"아직 그가 어떠한 방법으로 그런 능력을 발휘한 것인가에 대해서는 전혀 밝혀진 것이 없습니다. 다만, 확실한 것은 그가 안전지대의 진정한 주인이라는 것과 많은 각성자들을 살려낸 영웅이라는 사실입니다."

"맞아요. 저들을 살려냈다는 사실만으로 충분히 영웅이라 할 수 있겠네요."

방송이 나간 후 그동안 소문만 무성했던 블랙로브의 실체가 어느 정도 드러나자 언론을 비롯해 인터넷의 누리꾼들도 엄청난 관심을 보였다.

특히나 그동안 단순히 안전지대를 만든 각성자 정도로만 알려졌던 그의 능력이 알려지자 논란은 가중되었다.

그로 인해 그가 염동력을 사용하는 데다 원숭이를 부리는 능력, 그리고 보이지 않는 힘으로 검은 몬스터를 소멸시키는 모습은 사람들에게 강렬한 인상을 남겼다.

그리고 이 소식은 점점 사방으로 뻗어나가기 시작했다.

커서 마스터

Cursor Master

3. 차원의 틈을 막아라

커서 마스터

Cursor Master

3. 차원의 틈을 막아라

"끄응."

침낭에서 몸을 일으킨 유정상.

확실히 안전지대의 모닥불 앞이라 그런지 몸이 개운했다.

소환했던 송곳 원숭이들은 어느새 모두 사라지고 없었다.

24시간이 지났으니 역소환 되었을 것이다.

부스스한 눈으로 인벤토리를 열어 냠냠플레이어의 냄비를 꺼냈다.

그런데 문득 냠냠플레이어가 도대체 누굴까 하는 궁금증이 생겼다. 단순히 냄비의 이름일지도 모르지만 그 독특한 네이밍 센스에 호기심이 생긴 것이다.

그러나 그걸 알아낼 방법이 없으니 그냥 어깨를 으쓱해 버리고 말았다.

누구면 어떤가? 음식만 맛있으면 되는 거지.

하지만 인벤토리에 들어 있던 냠냠플레이어의 냄비2에 생각이 미쳤다.

"뭐, 다음에 써보면 되겠지."

그렇게 생각하고는 곧 냄비에 고기를 넣고 손잡이를 통해 마나를 주입시켰다.

그러자 금방 익기 시작하는 고기.

새롭게 구한 향신료를 살짝 뿌렸다.

"냄새 괜찮네."

만족한 얼굴로 고개를 끄덕이고는 곧바로 그릇에 고기를 옮겨 담았다.

그런데 그때였다.

쿵쿵쿵.

땅이 울리는 소리에 움찔한 유정상이 다시 두건을 머리에 쓰고 몸을 일으켰다.

그리고 유정상의 곁에서 몸을 웅크린 채 모닥불에 있던 백정이 땅속으로 파고 들어갔다.

안전지대 밖에 보이는 나무가 흔들리고 있었다.

그러나 곧 유정상은 별일 아니라는 걸 알고는 다시 모닥불 앞에 앉았다.

그리고 그릇을 들어 고기 한 점을 젓가락으로 집어먹었다.

그때 바닥이 울리는 소리가 멈추었다.

"역시 여기 있었구나."

익숙한 음성.

갑자기 나타난 사람은 공지훈이었다.

바닥이 울린 건 공지훈의 곁에 있는 돌거인 때문이었다.

"이야, 이런 곳에서 또 만났네."

"너 스토커냐?"

능청스러운 공지훈의 말에 유정상의 음성이 까칠해졌다. 아니 원래 블랙로브를 쓰면 중저음으로 변하니 더욱 그런 느낌이 강해졌다.

"어? 목소리가 왜 그래?"

공지훈도 처음 듣는 음성이라 살짝 놀라는 눈치였다.

"시끄럽고 갑자기 왜 이곳에 온 거지?"

"그야. 우연……."

"개수작 부리지 말고 똑바로 이야기해."

"우연은…… 아니고, 뭐 네가 이곳에 있다는 정보를 확인하고 온 거지."

"스토커 맞고만."

"흐음. 바로 이 냄새야."

유정상의 앞에 놓인 냄비에 담긴 음식에서 흘러나온 냄새에 코를 벌름거리며 행복한 표정을 지어 보이는 공지훈이었다.

그리고는 유정상에게 손가락 하나를 내밀며 어색하게 웃었다.

"저기 한입만……."

역시 공지훈의 목적은 따로 있었던 것이다. 그 때문에 어이가 없긴 했지만 유정상은 그만 피식 웃고 말았다. 녀석의 행동이야 좀 별나긴 하지만 그래도 맛에 대한 유별난 집착이 재밌게 느껴졌기 때문이었다.

유정상이 두건을 뒤로 넘기고는 공지훈을 바라보았다.

"왜 그렇게 먹는 것에 집착하는 거지? 집안 형편도 좋아 보이던데."

전에 봤던 이탈리아산 슈퍼카를 봤으니 당연한 생각이었다.

"이제 목소리가 돌아왔네?"

"……."

"아, 뭐. 난 미식가거든. 그러니까 당연한 거야."

"돌멩이 수집가는 아니고?"

"젠장, 이건 그냥 능력일 뿐이야. 그리고 돌멩이 수집가라니? 이래봬도 엄연한 소환사라고!"

"그런가?"

관심 없다는 듯 그렇게 말하더니 유정상이 그릇 하나를 꺼내서는 그곳에 고기 한 점을 담았다.

허공에서 갑자기 나타난 그릇이 신기하기는 했지만 유정상의 이상한 능력을 몇 번 경험한 덕에 그리 놀라지는 않았다.

오히려 유정상이 지금 냄비에서 담고 있는 음식에 더욱 신경이 집중되었기 때문에 다른 것에 신경 쓰지 않았던 것이다.

"꿀꺽."

자신도 모르게 침을 삼키는 공지훈.

"여기."

"오. 땡큐."

잽싸게 유정상이 내민 그릇을 받아들었다.

그리고 그릇 속에 있던 약간의 국과 고기를 바라보며 행복한 표정을 지었다. 그리고 냄새를 맡으니 그 어떤 음식에서도 맡아본 일이 없던 향이 코끝을 간질인다.

'전에 맡았던 냄새와 다르다.'

이번엔 '목금수의 껍질가루'를 넣었으니 전과 다른 향이 나는 건 당연한 일이다. 하지만 구체적인 일까지야 알 수 없던 그로서는 그냥 좋은 냄새에 행복할 뿐이었다.

처음 유정상을 던전에서 만났을 때 그가 준 고기 맛을 이제껏 잊지 못해 거의 스토커가 된 듯 그의 행적을 쫓았었다. 그러나 유정상은 그리 쉽게 다가설 수 없는 녀석이었다.

하지만 그가 이제껏 맛이라는 분야에서 쌓아온 경험을 송두리째 흔드는 그 맛을 경험한 이상 쉽게 포기할 수가 없었다.

그래서 유정상이 그렇게 거부하는 데도 불구하고 그를

찾았던 것이다.

유정상이 블랙로브라는 사실을 알게 되자마자 미리 회사 정보팀에 블랙로브에 대한 정보가 올라오는 즉시 자신에게 알려달라는 부탁도 해두었다.

그리고 바로 오늘 그에게 들어온 정보.

블랙로브가 인근 던전에 있다는 사실이 그에게 보고되었던 것이다.

그리고 그 소식을 접하자마자 부리나케 이곳으로 찾아왔다.

물론 입구에선 그에게 위험하다고 말리는 분위기였지만 그런 것 따윈 관심이 없었던 것이다.

그동안 있었던 일들을 떠올리며 공지훈이 피식 웃었다. 그것과 함께 행복한 미소가 떠올랐다.

그런 모습을 지켜보던 유정상이 어이가 없는지 헛웃음을 지었다.

당연히 그도 자주 먹었던 음식이니 맛있다는 사실은 누구보다 잘 알고 있다. 그러나 저렇게까지 행복해하는 표정이라니, 유정상으로서는 쉽게 납득할 수 있는 일은 아니었다.

하지만 각자 인간마다 삶의 기준이라는 것도 있으니 그런가보다 할 뿐이었다.

공지훈이 행복한 표정으로 향을 음미하다 곧 그릇에 담긴 젓가락을 이용해 고기를 집어 들었다. 그리고 그것을 잠시 바라보다 곧 입에 넣었다.

그리고 한가지의 맛이라도 놓치지 않겠다는 듯 꼭꼭 씹었다.

쩝. 쩝.

그리고 공지훈의 눈은 서서히 커지기 시작했다.

"어, 어떻게 이런 맛이?"

전에도 엄청난 맛에 놀랐지만 이번에도 그 맛에 버금갈 정도로 충격적이었다.

감칠맛에 구수함, 뭐라 형용할 수 없는 상쾌함까지.

이제까지 그리 길지 않았던 인생이었지만 그동안 알려진 유명한 음식들은 꽤나 맛보았다고 자부하고 있었다. 그러나 유정상을 만나고 그의 음식을 먹고 난 뒤로 그가 이제껏 알았던 세상이 얼마나 좁고 보잘것없었는지 알 수 있었다.

그래도 설마 이번만큼은 다른 맛을 경험하게 될 거라고는 전혀 기대 하지 않았었다. 그런데 전과 다른 맛임에도 이렇게 충격적이라니.

평소와 다르게 그는 허겁지겁 먹기 시작했다.

마치 그릇 속에 빨려 들어갈 듯 정신을 차리지 못하고 정신없이 먹기 시작한 것이다.

"야야. 체하겠다. 천천히 먹어라."

하지만 그런 유정상의 말이 들리지 않는 것인지 정신없이 먹다보니 그릇이 다 비워지고 나서야 현실로 돌아온 표정이 되었다.

"뭐지?"

맛을 보던 것까지는 기억하고 있었다. 그런데 먹기 시작하면서부터는 기억이 끊겨 버렸다. 아니 정확히 말하면 그때부터는 그저 먹는데 치중하느라 아무런 생각이 없었던, 그야말로 무아지경의 상태였던 것이다.

"이 음식 정체가 뭐야? 도대체 무슨 고기와 조미료를 사용한 거지? 어떻게 이런 맛이 나는 거야?"

"그렇게 맛있냐?"

"당연하지. 둘이 먹다 둘이 몽땅 죽어 버려도 모를 정도야."

"흐음…."

뭔가 고민하던 유정상이 이내 고개를 끄덕이더니 뭔가를 내밀었다.

낡아 보이는 볼품없는 냄비였다.

"뭐야 이게?"

"냄비다."

"알아. 하지만 이게 뭐?"

"여기다 음식을 해보면 알거야."

"뭐?"

"불은 필요 없고, 네 마나를 이용하면 될 거야."

"뭐? 그런 게 가능해?"

"해보면 알거 아냐."

유정상의 말에 서둘러 냄비를 받아들고는 유정상이 내민

고기를 한 점 넣어 마나를 집중했다. 원래 그는 소환술사가 아닌가. 그렇다보니 남아도는 게 마나다.

곧바로 냄비가 부글부글 끓어올랐다.

"오, 이거 신기하네."

냄비 속에 있던 고기가 금방 익자 얼굴이 밝아졌다. 그 어떤 냄비도 음식을 이렇게 빨리 익히지는 못한다는 걸 잘 아는 공지훈이었기 때문에 더 놀라고 있었다.

"조미료는?"

"그냥 맛을 봐."

아무런 조리도 없이 그냥 냄비에 넣기만 하고서 익혔는데 맛을 보라니 그래봐야 고기 맛이지 다를 게 있겠나싶었다.

그렇게 조금은 의아한 표정으로 고기를 젓가락으로 집어 입에 넣었다.

그런데.

"헉!"

입안에 감도는 감칠맛.

비릿함도 전혀 없고 신선한 고기의 향이 그대로 전해져 왔다.

"어, 어떻게 이런 일이?"

비록 유정상이 줬던 음식에 비해 향이 조금 모자라기는 했지만, 그래도 이정도의 맛이라면 충분히 감동할 정도, 아니 그 이상이었다.

"이, 이게 가능한 거냐?"

"그거 너 가져."

"뭐? 저, 정말이야?"

엄청난 보물을 선뜻 내놓으니 꿈이라도 꾸는 기분이었다.

공지훈의 눈시울이 뜨거워진다.

덕분에 감동의 눈물이라도 흘릴 기세다.

"울지 마. 짜증나려 하니까."

"아, 알았어."

서둘러 소매로 눈가를 훔쳤다.

"그리고 이거 아무에게도 팔거나 주면 안 돼."

"당연하지. 목숨 걸고 지킬게."

"그렇게까지는 할 필요 없고."

"아니, 그렇게 할 거야."

뭔가 입을 악다문 모습이 단호해 보인다.

그 모습을 본 유정상이 잠시 어이없어 하다가 곧 머리를 긁적거렸다.

"뭐, 그러든지."

유정상으로서는 이미 냠냠플레이어의 두 번째 냄비를 얻은 상황이었기 때문에 굳이 첫 번째 냄비는 없어도 그만이었다.

거기다 냠냠플레이어의 냄비는 아이템 상점에서 팔아봐야 얼마 받지도 못한다는 것도 이미 확인한 상태다.

이참에 음식에 환장한 공지훈에게 넘기는 것도 괜찮겠다 싶어 선심 쓰듯 내놓은 것이었다.

솔직히 비싸게 팔수도 있었지만 그것보다는 이런 식으로 녀석에게 짐을 지워둘 작정이었다. 그래야 귀찮게 굴지 않을 테고 필요에 따라서는 녀석을 부려먹을 수 있을 테니까.

물론 그럴 만한 일이 생겼을 때 이야기다.

거기다 녀석이 저만큼 맛에 대한 애착이 강하다면 절대로 냄비를 다른 이에게 넘길 턱이 없다. 뭐 넘기더라도 유정상은 별로 상관하지 않을 작정이었다.

던전이 열리고 나서 신기한 물건이 많아진 세상이니 저런 물건 하나쯤 있다고 해서 이상할건 없으니까.

하지만, 공지훈의 입장에서는 결코 단순한 물건이 아니었다.

아무런 조미료의 가미도 없이 그저 냄비만으로 이런 맛을 내는 엄청난 물건은 귀물 중의 귀물이 틀림없다.

거기다 이 놀라운 냄비는 마나로 가열하는 방식의 물건이 아닌가?

이런 물건이 있다는 이야기는 아직 들어본 적도 없었으니 얼마나 귀한 것인지는 누구보다 잘 알고 있는 그였다.

그렇게 생각하니 유정상이 새삼 고맙고 존경스러워졌다.

"이런 엄청난 물건을 받았는데 내가 해줄 건 뭐 없어?"

눈을 반짝이며 묻는 공지훈이었지만 유정상의 대답은 단순했다.

"응. 없어."

"돈 같은 거라면……."

"많아. 그것도 넘칠 정도로."

"그, 그렇겠지? 너 정도의 능력이라면."

그렇게 생각하니 이 은혜를 갚을 길이 없다.

차라리 돈을 달라고 했다면 얼마라도 줄 생각이었다. 설사 자신의 능력을 넘어서는 돈이라고 하더라도 마찬가지였다. 형에게 무릎 꿇고 사정이라도 해서 얻어내면 되는 것이다.

그러나 그런 돈 따위가 통하는 인간이 아니었다.

결국 공지훈은 유정상의 진정한 동료(노예)가 되기로 마음먹었다.

"최선을 다할게."

"뭐라는 거야?"

황당한 표정을 지어보이는 유정상이었다.

❖ ❖ ❖

결국 공지훈은 냄비 하나를 쥔 채로 던전에서 쫓겨났다.

유정상은 오늘 자신이 해야 할 중요한 문제가 있다며 그를 내보낸 것이다.

같이 가겠다는 고집을 피우려하자 곧바로 냄비를 빼앗으

려 하니 어쩔 수 없이 그의 말을 들을 수밖에 없었던 것이다.

그만큼 그에게는 이제 절대로 포기할 수 없는 보물이 된 것이다.

"젠장. 도움이 되려고 그랬는데."

약간은 섭섭한 공지훈이었지만, 전에도 유정상의 활약을 이미 보았던 경험이 있는 그로서는 어쩌면 그의 일에 자신이 방해가 될지도 모른다는 생각도 들었다.

자신정도의 각성자조차 초라하게 만드는 유정상이 새삼 놀랍게 여겨졌다.

하지만 그의 손에 쥐어진 낡아빠진 냄비를 보니 절로 미소가 그려진다.

세상 그 어떤 물건도 이 냄비처럼 자신을 이렇게 즐겁게 만들지는 못할 것이다.

그런데 공지훈이 던전 밖으로 나오자 사람들이 그에게 몰려들었다.

순간 눈이 커진 공지훈이 서둘러 자신의 가방에 냄비를 조심스럽게 서둘러 넣었다.

"당신이 블랙로브 인가요?"

처음 그에게 다가온 사람이 다짜고짜 그렇게 묻자 공지훈은 황당한 표정을 지었다.

"블랙로브요?"

"네. 지금 혼자 나오신 거 맞죠?"

다른 사람도 그에게 다가와서는 그렇게 묻자 영문을

알 수가 없었다.

"맞긴 한데. 블랙로브는 아닌데."

"정말인가요?"

"이 사람들이 속고만 살았나? 아니라는 데 왜 이렇게 귀찮게 하고 그래?"

공지훈이 귀찮다는 듯 그들을 뿌리치며 자신의 차가 있는 곳으로 이동하자 일부 기자들은 그를 쫓아가며 촬영하기도 했다.

그리고 그가 블랙로브일지도 모른다고 생각하는 많은 사람들이 그가 스포츠카를 타고 돌아가는 모습을 촬영하기도 했다.

그날 저녁 던전 관련 방송에서 모자이크 된 공지훈이 블랙로브로 추정되는 각성자라는 타이틀을 달고 방송에 나오고 말았다.

❖ ❖ ❖

유정상이 커서의 방향을 확인하며 계속 이동했다.

워낙 많은 주주밍을 소멸시키고 몬스터들을 절벽에 떨어뜨려 버린 탓인지 유정상에게 접근하는 놈들은 없었다.

이미 송곳 원숭이들은 역소환이 된 상태였기 때문에 평소처럼 그의 곁에는 백정만이 있을 뿐이었다.

"몬스터가 덤벼들지 않으니까 어째 섭섭하네."

"삐이이."

"너도 그렇다고?"

"삐이."

"크크크. 그 기분 알만하다."

웃으며 농담처럼 말하고 있었지만 유정상은 약간 불안함을 느끼고 있었다.

아무리 주주밍을 몽땅 퇴치했다고는 해도 던전 내의 몬스터는 아직 많이 남아있었다. 그런데도 불구하고 전혀 낌새도 느껴지지 않으니 당연한 일이었다.

그러나 커서는 별다른 경고를 보내오고 있지 않았고 그 역시도 별다른 몬스터의 기운을 느끼지도 않았다.

알 수 없는 주변의 상황.

유정상은 지금 혼란스러웠다.

그렇게 한참을 걷고 있는데 갑자기 커서가 붉은빛으로 번쩍이며 부르르 떨기 시작했다. 그와 동시에 백정도 온몸의 털을 잔뜩 세웠다.

"삐이이이이."

백정의 소리에 분노가 녹아들어 있다.

유정상은 곧 커서와 백정이 가리키는 방향으로 고개를 돌렸다.

먼 곳.

커다란 나무들이 잔뜩 깔려 있는 정글 숲 너머 보이는 장소.

그곳은 주변이 초토화 되어 있는 곳이었다.

거대한 나무들이 완전히 부서져 버린 것도 모자라 모조리 새까맣게 타버린 모습.

그 사이에 검게 그을린 몬스터들의 사체.

마치 그곳에 불벼락이라도 떨어진 것처럼 보였다.

"여, 여기서 도대체 무슨 일이 벌어졌던 거야?"

던전을 나름 많이 돌아 다녀도 보았고, 이런 저런 들은 이야기도 많았다.

하지만, 이런 종류의 던전 재해에 대해서는 들어본 일이 없다.

지진이나 폭발이 없는 건 아니었지만 이렇게 제한된 구역만 잿더미가 되는 경우는 인위적인 결과라고 볼 수밖에 없었다.

인위적이라는 건 결국 인간이 했다는 뜻. 그러나 던전에서 이런 일을 벌일 수 있는 인간은 흔하지 않았다.

물론 던전에서 불을 일으키는 건 가능하다.

던전 내에서 구할 수 있는 부싯돌은 얼마든지 있고 불을 발사하는 각성자용 무기도 많지는 않지만 몇 종류가 있으니까.

그러나 그런 일을 하게 되면 주변에서 몬스터들이 모여들게 되고 불이 번지기도 전에 던전 내에서 자연적으로 진화(鎭火)된다.

던전의 생태계는 인간이 살아가는 지구와는 조금 다른

곳이다.

식물들도 자신을 보호하기 위해 굉장히 적극적으로 대응한다.

그래서 먹히지 않기 위해 의도적으로 독을 내뿜거나 살아 움직이는 식물몬스터도 존재하는 것이다.

특히나 화재의 경우엔 적극적으로 수분을 배출시켜 불이 번지는 걸 막기도 하고 아예 꺼버리기도 하는 종류의 식물들도 제법 있었다. 그렇다는 건 결국 일반적인 불이 아니라 폭발과도 같은 종류라는 것이다.

하지만 폭발물 같은 화약 종류는 던전에 들어오면 제 기능을 하지 못했다. 그래서 인간의 화약무기는 던전에 가지고 들어와 봐야 아무런 쓸모가 없었다.

그런데 특정 지역에 한정된 폭발이다.

도대체 어떤 상황인건가?

유정상의 머리가 복잡해졌다.

그러나 곧 그의 고민이 사라졌다.

그 잿더미의 중심으로 보이는 장소의 땅위 대기가 이글거리는 듯한 모습을 보였기 때문이다.

유정상이 그곳을 향해 조심스럽게 걸어갔다.

정글을 벗어나 그곳으로 다가가자 주변에 매캐한 냄새가 진동한다.

평소 같으면 죽어 있는 몬스터의 사체라도 처리해 인벤토리를 가득 채웠을 테지만 지금은 그럴 분위기가 아니다.

왜냐하면 그곳을 향해 다가갈수록 알 수 없는 기운이 유정상을 억누르는 것 같았기 때문이다.

불쾌감, 거부감.

어째서 이런 기분이 드는지는 이해할 수 없지만 그래도 그곳을 향해 걸어갔다.

그런데 처음 보았던 일렁거림이 다가갈수록 뭔가 또렷해지면서 그것이 꽤나 심각한 상황임을 알 수 있었다.

먼 곳에서 보았을 땐 그저 한여름의 아지랑이 같은 느낌이 강했지만 가까이 갈수록 어떠한 이질적인 것이 그곳에 생겨났음을 알 수 있었다.

'뭐지?'

유정상은 그것의 모습이 어느 정도 명확해지자 다가가던 걸음을 멈추었다.

같이 걷던 백정은 어느새 보이지 않았다.

아마도 알 수 없는 힘에 두려움을 느끼고는 땅속으로 들어간 것 같았다.

하지만 유정상은 그런 것에 상관하지 않을 정도로 이질적인 것에 신경을 쓰고 있었다.

근처까지 다가가니 나름 자세히 보였다. 아지랑이 같은 것이 아니라 뭔가 새로운 장소가 그 안에 보이고 있었다.

현재 그가 있는 곳과 전혀 다른 공간.

마치 새로운 공간이 열린 것만 같은 느낌.

던전의 문이 인간계에 열린 것처럼 이곳에서도 뭔가 다

른 세계가 살짝 보이는 것 같았다.

'던전 같은 건가?'

하지만 던전은 상대편 세계가 직접적으로 보이지는 않는다.

그저 암흑에 막혀 발을 디뎌야만 상대편의 세계에 갈수도 있고 볼 수도 있는 것이다.

그런데 이것은 그것과는 다르다.

그때 유정상의 머릿속에 미션의 내용이 떠올랐다.

[차원의 틈을 막아라.]

[던전에 차원의 틈이 발생해 문제의 여지가 계속 생성되고 있다.]

[차원의 틈을 막아야 완전한 던전의 안정화가 이루어 질것이다.]

'저게 차원의 틈이라는 건가?'

과거로 돌아와 이런저런 일들을 경험하며 미래에선 전혀 알지 못했던 일들을 제법 알게 되었다.

하지만 단순히 그런 문제를 떠나 자신이 해결해 왔던 미션들을 돌이켜 보았다. 그런데 문득 자신이 아니었다면 그것이 해결이 되었을까 하는 의문도 있었고, 만약 그것이 해결되지 않았을 경우에 대한 일도 예상해보면 이상한 점이 많았다.

과거에 일어난 일이라면 미래엔 그것에 대한 이야기가 없을 리 없다.

어쩌면 자신이 경험하고 있는 과거는 자신이 알고 있던 것과 새로운 것이 공존하고 있는 곳이 아닌가 하는 생각도 든다.

애초에 과거 자체가 달라진 건가?

그게 아니라면 자신이 과거로 오면서 뭔가 새로운 일이 벌어진 것인지도 모른다.

커서라는 이 사기급의 물건이 자신에게 주어지며 생겨난 일이라는 생각도 문득 들었다.

어쩌면 지금 이 미션들은 새롭게 생겨난 문제들을 해결하기 위함은 아닐까 싶기도 했다.

'이거 지금 내 생각인건가?'

이렇게 구체적으로 정황을 파악해가는 게 자신의 생각인지 아니면 커서의 의도인지조차 불분명한 느낌이었다.

그런데 그때였다.

쿠르르르르르르.

땅이 진동하기 시작했다.

'던전 지진인가?'

하지만 특정 장소를 중심으로 강하게 일어나는 흔들림이었다. 그리고 그 사실을 금방 파악하고는 빠르게 발을 움직여 흔들림이 적은 곳으로 이동해 갔다.

그 와중에도 바닥이 갈라지거나 바위들이 불쑥 튀어

오른다. 그래도 부츠의 도움과 새롭게 익힌 무차이 보법 덕분에 별다른 무리 없이 균형을 잡으며 이동했다.

그런데 그 순간 흔들림의 발원지에서 뭔가가 땅속을 뚫고 올라오는 것이 있었다.

검은색의 안개에 쌓여 있는 듯한 거인 형상의 괴생명체였다.

구체적인 형체는 정확하게 알 수 없지만 강력한 기세가 발산되고 있었다.

그런 놈의 정체를 파악하기 위해 커서를 가져가 보았다.

그런데 생각하지 못한 일이 벌어졌다.

카앙!

갑자기 놈이 커서를 후려쳐 버린 것이다.

"크악!"

커서로부터 전해져오는 충격에 유정상이 몸을 휘청했다.

그리고 그로 인해 유정상의 몸이 굳어 버렸다.

한 번도 유정상 본인 이외의 존재에게는 그 모습이 발각된 일조차 없었던 커서였다. 그런데 그 검은색 형상이 느닷없이 커서를 후려쳐 버린 것이다.

하지만 당황하고 있을 틈이 없었다.

커서로부터 전해져 온 충격이 엄청났기 때문에 유정상은 정신이 하나도 없었던 탓이다.

그리고 곧이어 충격에서 벗어난 유정상의 얼굴이 잔뜩 일그러졌다.

"어, 어째서 커서가 녀석에게 보인 거지?"

황당함과 혼란스러움.

그런데 녀석이 검은 안개를 일렁이며 다가온다.

곧 유정상은 자신의 상황을 이해하고 무차이의 보법을 이용해 놈의 근처로 접근하기 시작했다.

놈이 거친 동작으로 유정상을 향해 자신의 팔을 휘둘렀다.

늘보의 문신이 극성으로 발휘되며 놈의 공격을 피해냈다.

그리고 빠르게 놈에게 접근한 뒤 주먹을 내질렀다.

하지만 그럼에도 녀석은 전혀 피할 생각이 없는지 그저 가만히 유정상의 행동을 보고만 있었다.

그리고 유정상의 주먹 기파가 녀석에게 닿았다.

그런데

주먹 기파가 닿자마자 녀석의 검은 안개는 흔들릴 뿐 아무런 타격도 주지 못하고 그저 지나쳐만 갈 뿐이었다.

"이, 이런!"

유정상의 얼굴에 당황스러움이 스쳤다.

마치 연기를 후려치고 있는 기분이랄까.

허깨비를 향해 주먹을 내지른 것과 다를 바가 없었다.

설마 놈이 정말로 안개 같은 성질을 가지고 있을 거라고는 전혀 생각하지 못했던 것이다.

퍼어억!

그런데 그때 유정상에게 날아든 놈의 주먹이 복부에 정확히 꽂혔다.

그 때문에 유정상의 몸이 가볍게 날아올랐다.

마치 내장을 다 휘저어 버릴 것 같은 충격에 공중에 뜬 상태로 유정상의 눈이 부릅떠졌다.

"컥!"

그리고 유정상의 몸이 바닥을 굴렀다.

하지만 이것으로 끝낼 생각이 없었던 것인지 다시 빠르게 접근하는 괴생명체.

이어진 놈의 공격을 늘보의 문신이 발동한 덕분에 간발의 차이로 피해내고는 녀석의 곁을 스쳐 지나쳤다.

흔들리던 몸의 균형을 다시 잡은 유정상이 입가에 흐르는 피를 손등으로 닦아 내었다.

그리고는 인벤토리를 열어 사마귀 청검을 커서로 꺼내 녀석에게 날렸다.

안개 같은 녀석이라는 건 알고 있지만 그래도 할 수 있는 건 뭐든 해야겠다고 생각한 것이다.

그러자 녀석은 피할 생각도 없는지 그대로 청검은 상관하지 않고 커서만을 후려쳐 버렸다.

카앙!

"크윽!"

이번에도 강렬한 충격이 전해지자 유정상이 휘청거렸다.

그리고 충격 때문에 커서도 사마귀 청검을 놓치고는 바닥에 처박혔다.

커서가 이런 식으로 패대기쳐진 건 처음 있는 일이었다.

그런데 그 순간 커서와의 교감이 끊어져 버렸다.

아무리 커서를 움직이려 해도 그저 땅에 박혀 있을 뿐 전혀 미동도 보이질 않고 있었다.

"어, 어째서 이런……."

유정상의 멘탈이 흔들리기 시작했다.

갑작스럽게 생긴 사태에 당황하지 않을 수가 없었던 것이다.

커서가 더 이상 움직이지 않는 상황이었지만 녀석에게는 전혀 데미지를 입히지도 못했다. 그렇다고 이렇게 두 손 놓고 가만히 놈의 공격을 받을 수는 없는 일이다.

자신이 할 수 있는 모든 능력을 사용해 어떡하든 살아남아야 한다.

유정상이 정신을 차린 후 다시 무차이 보법을 이용해 빠르게 접근했다. 그리고는 놈이 서 있는 바닥을 향해 주먹의 힘을 집중하고는 강하게 내려쳤다.

콰아앙!

땅에 엄청난 충격 파장이 퍼져 나갔다. 그리고 곧바로 바닥이 내려앉으며 놈이 휘청거리자 다시 놈을 향해 주먹을 날렸다.

그러나 이번에도 놈의 표면만 흔들렸을 뿐 별다른 피해를 주지는 못했다.

그런데 녀석은 마치 그럴 줄 알고 있었다는 듯 빠르게 균형을 잡았다. 그리고는 검은 안개를 한 무더기 생성시켰고 그 속에서 커다란 뭔가를 꺼낸다.

빠지직.

녀석이 꺼낸 물건 주위로 스파크가 일었다.

한눈에 봐도 범상치 않은 물건임을 알아본 유정상의 얼굴에 긴장이 어렸다.

그런데 녀석이 그것을 꺼냄과 동시에 곧바로 유정상을 향해 엄청난 속도로 휘둘렀다.

그와 동시에 늘보의 문신이 발동했으나 스킬을 무시하듯 그것은 엄청난 속도로 유정상을 향해 날아들었다.

순간 유정상은 절망을 느꼈다.

레벨의 차이가 너무도 명확했다.

자신이 어쩔 수 있는 그런 존재가 아님을 뼈저리게 느낀 것이다.

그런데 다시 예상 밖의 일이 벌어졌다.

따아아앙!

놈의 주먹이 뭔가에 의해 가로막혔다.

그것은 바로 커서였다.

유정상과 교감이 끊어졌던 그 커서가 스스로의 의지만으로 놈의 무기를 막아낸 것이다.

놀란 유정상의 눈이 커졌다.

그런데 그때 놈의 무기를 막고 있던 커서가 깜박거리며 모습이 흐릿해지기 시작했다.

그 순간 커서가 사라지는 게 아닌가 싶어 유정상이 흠칫했다. 그런데 곧 커서가 새로운 모습으로 서서히 변해가기 시작했다.

그리고 그건 완전히 예상 밖의 모습으로 탈바꿈했다.

"바, 방패?"

놀랍게도 커서는 은빛 표면에 붉은색 테두리를 가진 방패로 변해버린 것이다.

그리고 그 방패 주위로 은은하게 빛이 뿌려지자 그 신비로움이 더했다.

갑작스런 커서의 변화에 순간 움찔거리던 녀석이 다시 자신의 무기를 거두어 들였다.

그런데 방패와 부딪치고 난 그 무기의 형태가 순간 드러났다.

거대한 창.

그것은 기다란 손잡이가 달렸을 뿐 창날은 묵직한 검을 연상시킬 정도로 거대했다.

마치 관우의 청룡언월도를 연상시키는 모양이라고나 할까.

순간 녀석이 움찔거린다.

전혀 예상하지 못한 방해꾼에게 조금 당황한 것 같았다.

그러나 이내 창이 원래의 모습이었던 검은 안개로 돌아

갔고 곧이어 녀석이 다시 그 무기를 유정상을 향해 휘둘렀다.

하지만 이번에도 커서, 아니 방패가 빠른 움직임으로 유정상의 앞으로 움직여 그것을 막아내 버렸다.

녀석의 창이 방패와 부딪치는 순간 다시 원래 모습을 드러내는가 싶더니 다시 사라진다.

하지만 녀석은 오기가 생겼는지 다시 빠르게 창을 휘두르다 찌르기를 사방으로 날린다.

텅. 텅. 텅. 텅.

그러나 이번에도 커서 방패에 의해 모든 공격이 차단되어 버렸다.

덕분에 유정상에게는 털끝만큼의 충격도 주지 못했다.

【우오오오오!】

빠른 공격에도 방패는 하나도 놓치지 않고 잘 막아내자 흥분한 녀석이 더 날뛰기 시작했다. 그런데 그때 떠오른 메시지.

[진실의 부적은 진정한 모습을 드러내게 만든다.]

'진정한 모습?'

곧바로 유정상은 자신의 왼손에 새겨진 진실의 부적을 떠올렸다. 그리고 반사적으로 왼손을 그대로 검은 연기에 쌓인 녀석에게 뻗었다.

번쩍.

【크어어어어!】

순간적으로 손바닥에서 뻗어나간 황금색 빛이 놈의 전신을 덮쳤다.

놈은 그 빛에 고통스러운지 몸을 뒤틀기 시작했다.

그리고 곧이어 녀석의 몸 주위를 감싸고 있던 검은 연기가 걷히며 본 모습이 서서히 드러나기 시작했다.

키는 대략 3미터 가량, 대충 윤곽에서 느꼈던 대로 인간형의 모습이다.

전체적으로 검붉은 빛을 띤 털로 뒤덮여 있는 근육질의 외형.

얼굴은 마치 황소와 사자를 뒤섞어 놓은 듯 보이는 모습이 굉장히 위압감을 준다.

머리에 생겨난 두 개의 뿔이 산양의 것처럼 둘둘 말려져 있었지만 크기는 상식을 넘어설 정도로 거대해 머리가 무겁지는 않을까 걱정될 정도였다.

【크르르르르!】

놈의 얼굴이 흉물스럽게 잔뜩 일그러졌다.

자신의 본모습이 노출된 것에 불만을 가지고 있는 것인지, 아니면 부적 때문인지는 정확히 알 수 없지만 어쨌든 결코 좋은 분위기는 아니었다.

놈의 모습이 드러나자마자 자신의 거대한 창을 높이 들어 곧바로 유정상을 향해 내려찍었다.

까앙!

이번에도 커서 방패가 놈의 무지막지한 공격을 받아냈다.

창과 방패가 부딪칠 때 생겨나는 충격파에 유정상이 휘청거렸다.

새롭게 추가된 방패스킬을 커서가 날름 삼켜 버렸을 땐 솔직히 황당했던 것도 사실이었다. 그러나 이런 식으로 유정상을 보호하기 위해 스스로 진화했다는 걸 알고 나니 역시 유정상의 생각 저 너머를 바라보는 녀석이라는 걸 새삼 느꼈다.

까앙! 까앙! 까앙!

놈의 무차별적인 공격을 커서 방패가 빠른 움직임으로 막아내는 사이, 유정상은 무차이 보법을 최대한 발휘하여 놈에게 접근을 시도했다.

그러자 놈이 유정상의 움직임에 반응하며 창의 궤도를 바꾸어 공격해 왔다.

하지만 이번에도 커서 방패에 의해 막혔다.

까앙!

생각 이상으로 놈의 재빠른 반응에 유정상이 쉽게 틈을 찾지 못했다.

그런데 그 틈을 백정이 만들어 주었다.

슥삭. 슥삭.

【크아아!】

땅속에서 튀쳐나온 백정이 놈의 발목을 자신의 칼로 길게 그어 버린 것이다.

그때 생긴 미묘한 빈틈.

놈의 균형이 살짝 흔들렸지만 유정상은 그 순간을 놓치지 않고 포착했다.

그리고 무차이 보법을 이용해 현란한 움직임으로 놈의 몸 쪽을 파고들었다.

놈이 그 사실을 눈치 채고 거대한 창으로 유정상을 향해 내려찍었다.

그러나 그 창은 다시 방패가 막았고, 그 사이 백정이 다리를 공격하자 놈이 다시 균형을 잃으며 비틀거렸다.

【크아아아아아아아!】

놈이 더욱 흥분하기 시작했다.

그때 몸 깊숙이 파고들었던 유정상이 주먹에 에너지를 최대한 집중한 채로 점프하며 어퍼컷을 날렸다. 그리고 그 주먹의 강력한 기파가 놈의 턱을 정확히 가격했다.

뻐어어억!

뼈가 으스러지는 듯한 소리가 들렸다.

그리고 그 충격에 머리를 높이 쳐들자 다시 백정의 날카로운 칼이 오른다리의 무릎을 예리하게 잘라버렸다.

뎅겅.

거대한 녀석의 오른쪽 다리가 잘려나간다.

그 때문에 녀석의 균형이 급격히 무너지기 시작했다.

곧바로 놈의 복부를 다시 연속으로 가격하자 몸을 앞으로 숙인다.

그 상태로 다시 강력한 불길의 스파크를 일으키던 주먹이 놈의 머리통을 사정없이 후려쳤다.

콰아앙!

머리가 터져나가며 검은 액체를 사방으로 뿌린다.

그런데 박살난 머리 안에 다시 나타난 건 해골머리.

그 속에 붉은 눈이 빛났다.

그러나 머뭇거리지 않고 다시 빠르게 접근했다.

놈에게 여유를 주면 안 된다는 걸 잘 알고 있었기 때문이었다.

그런데 놈이 아직 손에 쥐고 있던 창을 다시 들어올린다. 그리고 그것을 유정상에게 휘두르려했다.

그런데

뎅겅.

다시 창을 들고 있던 손목이 잘려나간다.

놈이 한눈을 팔고 있음을 눈치 챈 백정이 몸을 날려 자신의 쌍칼을 휘두른 것이다.

놈은 당황하지 않고 아직 남아 있던 왼쪽 주먹을 유정상에게 날렸다.

타앙.

그러나 그 마저도 다시 커서 방패에 의해 가로막힌다.

그 순간 유정상이 이동의 팔찌를 뻗어 놈의 머리를 향해 발사했다.

이동의 팔찌에서 발사된 밧줄이 녀석의 머리통에 꽂혔다.

곧바로 유정상의 몸이 빠르게 놈의 머리로 끌려갔고 그 힘을 이용해 다시 불꽃의 스파크를 일으키는 주먹으로 놈의 해골을 사정없이 후려쳐 버렸다.

콰앙.

강렬한 폭발과 함께 놈의 머리가 터져나갔다.

그 파편들도 곧바로 공중에서 증발해 버렸다.

공중에 떠 있던 유정상이 바닥에 착지하고는 뒤로 물러섰다.

백정도 씩씩거리며 유정상의 곁에 다가섰다.

흔들흔들.

머리를 잃은 녀석이 균형을 잃고 비틀거린다.

다리가 잘렸음에도 용케도 버티던 놈이었지만 머리를 잃어버린 이상 버티기 힘들었는지 그대로 바닥에 쓰러져 버렸다.

쿠우웅!

[레벨이 올랐습니다.]

[레벨이 올랐습니다.]

[19레벨이 되었습니다.]

한꺼번에 2레벨이나 올랐다.

이런 경우는 처음이었지만 기뻐할 기력도 없었다.

커서가 방패 모양에서 원래의 모양으로 돌아가자마자 다시 유정상의 머리에 박혀 버렸다.

유정상의 마나 에너지가 남아 있었지만 커서가 자체 에너지를 모두 소진해 버린 것이다.

백정도 힘들었던지 유정상 곁에 벌러덩 누웠다.

유정상은 드러누워 있는 상태로 보조 커서로 클린볼을 꺼내 백정에게 투여했다. 그와 동시에 자신의 몸에도 하나 떨어뜨렸다.

그리고 곧이어 붉은 포션과 푸른 포션들도 꺼내 몸에 떨어뜨리자 몸이 정상으로 돌아왔다.

백정에게도 붉은 포션을 투여하며 생명력을 채웠다.

"삐이이이이."

백정은 기분이 좋은지 늘어지는 소리를 지르고는 네발을 버둥거리며 좋아한다.

유정상 역시도 나른한 기분에 이어 개운한 느낌 때문에 머리가 맑아졌다.

어느 정도 몸을 추스른 유정상이 쓰러진 놈을 향해 고개를 돌리자 어느 틈에 검은 연기로 변하며 공기 중으로 흩어지고 있었다.

그리고 놈이 사라진 자리에 많은 종류의 아이템들이 놓여 있었다.

금화도 보통 때처럼 돈주머니가 아닌, 만 골드짜리 금괴가 3개나 놓여 있었고, 수십여 개의 포션에 검은색 큐브와 쇳조각들이 놓여있다. 그리고 그 사이 놓여 있는 검은색의 책과 검은색의 검 한 자루.

[데스나이트 우타슈의 검술 스킬북]

[전설의 검사 우타슈, 그가 데스나이트가 되어 마계에서 활동했을 때의 검술이 담겨 있다.]

[우타슈의 마검]

[우타슈가 쓰던 전설의 마검.]

[내구력:1200/1200]

[공격력: 580]

[마계의 종족에게 치명타를 가할 수 있다.]

[다크 브릴륨 큐브]

[마계의 금속으로 암흑의 기운이 서려 있다.]

[브릴륨 조각]

[마계에서 가장 널리 사용되는 금속으로 주로 전투장비에 사용된다.]

뭔가 설명이 대단해 보이는 것들이었지만 별 생각 없이

곧바로 검술 스킬북을 실행시켰다.

[우타슈의 검술을 익히셨습니다.]

[검술 초급 달성.]

그러고 나자 사마귀 청검과 우타슈의 마검이 장비가능 아이템으로 변했다.

이제까지는 검을 커서로만 사용했었는데 이제는 검술을 익힘으로써 검들이 장비 아이템으로 분류가 되었다.

그 덕분에 인벤토리에서 벗어나 따로 관리가 되었다.

모든 것들을 그렇게 대충 마무리 짓고 차원의 틈이 있는 곳을 바라보았다.

여전히 아지랑이처럼 이글거리는 그곳 너머가 보이고 있다.

그곳도 일반적인 던전의 모습과 별반 달라보이지는 않는다.

그렇게 생각하며 바라보는데 뭔가 그곳에서부터 느껴지는 기운. 그 틈을 빼꼼히 들여다보는 검은 존재의 시선이 느껴진 것이다.

곧바로 커서를 뻗어 살짝 보이는 뭔가를 붙들어 강제로 끌어당겼다.

【우끼이이!】

머리를 붙들린 자그마한 뭔가가 차원의 틈을 넘어 빠르게 유정상 쪽으로 끌려왔다.

그리고 녀석을 근처에 패대기쳤다.

쿵.

【우캬아아아!】

검은색의 허름한 옷과 두건을 뒤집어쓴 자그마한 인간형의 괴생명체였는데 얼핏 보면 5살 정도의 어린아이 같아 보이기도 한다. 그런데 허름한 옷의 뒤로 화살표 모양의 검은 꼬리가 보였다.

악마의 전형적인 꼬리 모양을 하고 있었다.

두건을 강제로 벗겨 내자 그 속에 있는 건 검은 기운에 쌓여 있는 해골의 머리였고 그 비어 있는 눈에 붉은 빛을 발하는 눈동자가 있었다.

두건을 쓰고 있을 땐 그럭저럭 조그마한 덩치 덕에 귀엽다는 느낌이었지만 얼굴을 드러내니 기괴함에 눈살이 살짝 찌푸려졌다.

그리고 곧바로 녀석의 몸에 커서를 가져가자 놈이 커서를 보고는 흠칫하며 물러선다.

'이 녀석에게도 커서가 보인다는 건가?'

놀랍게도 방금 쓰러뜨렸던 괴물처럼 커서를 인식하고 있는 놈이었다.

하지만 일단 녀석의 정체가 궁금했던 탓에 반응 따위는 무시하고 커서를 녀석의 몸에 가져갔다.

[이름: 주코(마계의 생명체, 주술사)]

[레벨: ?]

[공격력: ?]

[방어력: ?]

[생명력: ?/?]

[힘: ?]

[민첩: ?]

[체력: ?]

[지능: ?]

주주밍처럼 이름과 출신, 그리고 직업 정도만 확인될 뿐 그 이상은 미상이었다.

'이번에도 마계인건가?'

확인해 볼 수는 없었지만 어쩌면 아까 상대했던 그 괴물도 마계의 존재일 것이다.

그런데 주코가 지금의 상황이 두려운 것인지 사지를 떨어댄다. 조그마한 덩치가 오들오들 떨고 있으니 불쌍해 보이는 것도 사실이었다. 하지만 놈에게 자비를 베풀 수는 없는 일이다. 이미 겪었던 괴이하고도 파괴적인 놈들과 관계가 있을 것으로 판단되었으니 당연한 일이었다.

왼손에 있는 진실의 부적에 생각이 닿자 혹시나 하는 생각에 왼손을 녀석을 향해 뻗어보았다.

번쩍.

【으캬아아아!】

부적의 황금빛이 녀석의 몸에 닿자 비명을 지른다. 그리고는 고통 때문인지 도망치려하자 곧바로 커서로 녀석을 꽉 붙들었다.

몸에서 연기가 피어올랐고 한참 동안 비명을 지르던 녀석이 곧 풀썩하고 쓰러졌다.

"죽은 건가?"

커서를 가져가 보았지만 아직 상태창이 뜨는걸 봐서는 죽지는 않은 것 같았다.

잠시 녀석에게서 관심을 끊고 고개를 들어 차원을 틈을 바라본다.

미션의 내용은 차원의 틈을 막는 것이다. 하지만 어떻게 막아야할지 막막했다.

'접착제로 붙여버릴 수도 없고……. 가만, 접착제?'

그러고 보니 접착제에 대해 생각나는 것이 있었다. 다크 주얼리를 2만 골드나 주고 인챈트 시켰던 아이템에 접착제가 있었다.

물론 방패와 마찬가지로 커서가 먹어버린 아이템이다.

방패는 이미 그 능력을 증명했으니 남은 건 접착제뿐.

그것을 떠올리고는 혹시나 하는 마음이 생겼다.

그렇게 설마 하면서 커서를 차원의 틈에 가져가 보았다. 하지만 커서는 변하지 않았다.

'역시 착각인가?'

그런 마음이 들고 있을 때 커서가 클릭상태가 되어 버렸다. 그런데 순간 커서의 모양이 뾰족한 주둥이 형태로 바뀌었다.

"어?"

미간을 잔뜩 찌푸린 유정상이 그 주둥이 끝을 클릭상태로 이리저리 차원의 틈 주변을 움직였다. 그러자 놀랍게도 뾰족한 주둥이 끝에서 투명한 액체가 나오는 것 같더니 서서히 아지랑이 같던 그 대기의 모습위로 그것이 조금씩 흘러내리며 퍼져 나가기 시작했다.

그리고 그 일렁이던 곳의 모습이 서서히 희미해져 간다.

차원 너머의 배경이 점점 사라져가자 눈을 크게 뜨고는 경악했다.

"도대체 이 접착제 뭐야?"

놀란 유정상이 급하게 커서를 움직여 칠판의 글자를 지우듯 잔뜩 액체를 발라 버리자 곧 그 아지랑이 같던 기운마저 완전히 사라져 버렸다.

['차원의 틈을 막아라.' 미션 완료.]

[미지의 세계에서 벌어진 예기치 못한 일로 생겨난 차원의 틈을 막았습니다.]

[암흑의 기운이 던전에 미치는 것을 막아 던전 생태계의 교란은 더 이상 생기지 않을 것입니다.]

[보상으로 전투 지휘 스킬북과 6만 골드가 생성됩니다.]

[레벨이 올랐습니다.]

[레벨이 20이 되었습니다.]

"전투 지휘?"

곧바로 스킬북을 실행시켰다.

[전투 지휘 스킬북을 실행시킵니다.]

[스킬을 익히셨습니다.]

[소환수들의 전투 지휘를 좀 더 효율적으로 할 수 있습니다.]

그리고는 디스플레이에 그림들이 생성되었다.

오크와 트롤, 그리고 원숭이들의 그림들이 나타나고 그 옆에 각종 배열모양이 그려져 있다.

아직 제대로 이해를 할 수는 없었지만 대략 전투배치에 관한 것이 아닌가 싶었다.

"이거 꽤나 재밌겠는데?"

하지만 그런 것에 빠져 있을 수 없었기 때문에 다음에 시간을 내서 따로 분석해 보기로 했다.

그리고 바닥에 계속 쓰러져 있던 녀석을 한참 바라보다 머리를 긁적거렸다.

"이놈 이거 어떻게 처리해야 하나?"

그렇게 말하는데 약간 움찔거리는 듯 보인다.

딱 보니 기절한 척 수작을 부리고 있다는 게 눈에 보였다.

그 모습을 본 유정상이 피식 웃었다.

그리고 곧이어 백정과 눈이 마주쳤다.

순간 서로의 마음이 통했다.

"정아!"

"삐이이이."

"이 녀석 고기라도 발라내 버릴까?"

"삐이이!"

움찔. 부들부들.

확실히 반응이 있다.

"3초 안에 일어나지 않으면 곧바로 목을 따고 전신을 해체해 버려!"

"삐이이!"

백정이 오른쪽 앞발을 치켜들며 소리치자 쓰러졌던 놈이 벌떡 일어섰다.

그런데 진실의 부적으로 인한 결과인지 녀석의 해골머리가 어느새 인간의 얼굴이 되어 있었다. 검은 피부의 어린 아이였는데 입술 사이에 조그마한 송곳니가 삐죽 튀어나와 있다.

그리고 눈동자가 붉은색이라 조금 특이한 느낌이었다.

【캬캬캬캬.】

어쨌든 놈이 비굴하게 굽실거리더니 양손을 모으고는 뭐라고 지껄이기 시작했다.

그러나 유정상으로서는 알아들을 수 없는 말이었다.

"이 자식 뭐래는 거야?"

[주코가 소환수를 자청하고 있습니다. 받아들이시겠습니까?]

"뭐? 소환수를 자청한다고?"

"삐이이이!"

하지만 백정은 그것이 마음에 들지 않는지 자신의 쌍칼을 길게 뽑아들고는 주코에게 다가간다. 그러자 주코는 백정보다 큰 덩치에도 불구하고 두려움에 떨기 시작했다.

[주코가 충성을 서약하였습니다.]

[받아들이시겠습니까?]

"충성 서약? 이런 거 믿을 수 있는 거야?"

백정과는 다른 경우라 쉽게 판단하기가 어려웠다. 물론 그때도 얼떨결에 소환수로 결정되기는 했지만 말이다.

[충성 서약을 한 후에 그것을 어기는 경우는 거의 없습니다.]

[만약 그런 일이 발생할 경우 충성 서약 불이행으로 인해 본신은 불타 가루가 되어 버릴 것입니다.]

"호오! 그런 건가?"

유정상이 턱을 만지작거리며 고개를 끄덕였다.

【캬캬캬캬캬캬.】

"하지만 이런 녀석이 쓸모가 있을까?"

그 말에 화들짝 놀란 주코가 펄쩍 뛰었다.

그리고는 다시 뭐라고 지껄이기 시작했다. 그러나 여전히 알아들을 수 없기는 마찬가지였다.

그러나 녀석의 마음이 너무 간절하다는 건 행동으로 전해지고 있었다.

하지만 그런 주코의 모습이 마음에 들지 않는다는 듯 백정이 자신의 칼을 휘두르며 '삐삐' 거렸다.

마치 '저놈을 믿으면 안 돼요.' 라고 외치는 듯 보인다.

백정의 위협에 불만 섞인 주코의 모습.

그러나 유정상은 그냥 가볍게 생각하기로 했다.

마음에 들지 않거나 거슬리는 행동을 하면 없애 버리면 그뿐.

"소환수로 계약했다가 만약 내가 강제로 해지하면 어떻게 되는 거지?"

[소환수는 소멸합니다.]

"단순 명확해서 좋네. 좋아. 소환수로 받아들이지."

[마계의 생명체 주코를 소환수로 받아들입니다.]

[주코의 생사여탈권을 가집니다.]

[암흑에너지 적응력이 생성되었습니다.]

유정상의 말에 백정과 투닥거리던 주코가 몸을 벌떡 세우더니 소리를 질렀다.

“고맙다. 주인!”

“어? 이놈 말을 하네?”

순간 유정상이 놀라 눈을 동그랗게 떴다.

[계약이 체결되어 서로 다른 언어체계임에도 소통이 가능해집니다.]

“역시 그런 건가?”

“그렇다. 내가 하려던 말이다.”

뭔가 언어가 통하자마자 시끄럽게 떠들기 시작했다.

“알아들을 수 있는 건 좋은데 말이야. 너무 수다가 심하군.”

“…….”

“뭐, 좋아. 그딴 거야 어찌되었건 네가 마음에 들지 않으면 계약해지하면 되니까.”

“꿀꺽.”

“그래. 뭘 할 줄 알지?”

유정상의 질문에 긴장한 주코가 잽싸게 대답한다.

“전투에 있어 부가능력을 부여하는 것이다.”

“부가능력? 구체적으로 말해봐.”

"가령 주인이 발휘하는 능력을 더욱 강화시키거나 효율을 높이는 것이다."

"예를 들면?"

"주인이 아무거나 일단 해보면 보여주겠다."

유정상이 주코의 말에 고개를 끄덕이고는 인벤토리를 열어 사마귀 청검을 꺼내 커서로 날렸다. 그러자 주코의 눈이 붉게 빛나기 시작했다.

화아악!

사마귀 청검에 불이 붙었다.

"엇! 뭐야?"

"주인의 검에 불 속성을 부여했다."

"호오, 이거 괜찮은데?"

유정상이 굉장히 만족스러운 표정으로 고개를 끄덕였다.

"주인이 만족하니 기분이 좋다."

"그래. 알았으니까 잠시 가만히 있어봐."

"왜?"

"씁!"

"……."

그리고는 커서를 녀석에게 이동시키자 녀석이 커서 쪽으로 눈동자를 굴리며 바라본다.

커다란 붉은 눈동자를 데굴거리는 폼이 약간 두려워하는 기색이었다.

[이름: 주코(마계의 생명체, 주술사)]

[레벨: 20]

[마법력: 620]

[공격력: 30]

[방어력: 150]

[생명력: 2500/2500]

[힘: 25]

[민첩: 20]

[체력: 50]

[지능: 11]

레벨은 꽤나 높아보였지만 마법력을 제외하면 전체적인 능력은 굉장히 떨어지는 편이었다. 아무래도 주특기가 마법 종류라 그런 것 같았다.

하지만 녀석이 커서를 바라보던 걸 생각하며 유정상이 물었다.

"너 커서가 보이는구나?"

"이놈 이름이 커서인가?"

주코가 커서를 가리키며 묻자 고개를 끄덕이며 대답했다.

"뭐, 그렇지. 원래 이름은 모르지만 난 그렇게 부르고 있어. 어쨌든 아까 그놈도 그렇고 너도 그렇고 이게 보인다는 말이지."

"아까 그놈은……."

뭔가 할 말이 있는지 조금 머뭇거리는 주코였다.

"할 말 있으면 해봐. 머뭇거리지 말고."

"……."

"빨리!"

"아, 알았다."

그리고는 심호흡을 한번 하고는 곧바로 이야기를 시작했다.

"사실 주인……, 아니 그 녀석의 이름은 '켈레우스' 라고 마족이며 또한 하급귀족이다."

"마족? 거기다 귀족이라고? 별로 귀족처럼 생기진 않았던데."

"……."

"이야기 계속 해봐."

"아무튼 난 녀석의 노예였다."

"노예?"

이야기는 이랬다.

원래 주코 역시도 하급귀족 출신이었다.

어릴 적부터(지금도 충분히 어린 주제에) 다른 형제들에 비해 버프 마법에 재능을 보여 그의 부모가 많은 돈을 들여 공부를 시켰다고 한다.

그렇게 나름 안정적인 삶을 살던 주코의 운명이 바뀌는 일이 벌어지고 말았다.

주코의 부모가 반란을 획책했다는 누명을 쓰고 목이 잘려 버린 것이다. 그리고 주코의 형제들과 같이 어린 마족들은 모두 노예가 되어 버렸다고 했다.

그렇게 주코는 켈레우스라는 마족에게 팔렸는데 그는 주코에게 수많은 마법약을 사용해 완전한 버프술사를 만들어 버린 것이다.

그리고 자신의 전투에 주코를 데리고 다니며 자신에게 버프를 걸게 만들어 이제까지 많은 곳을 정벌해 왔었다.

그러던 중에 켈레우스가 차원의 균열을 발견하고는 자신을 끌고 와서는 그것을 깨고 던전에 난입한 것이란다.

“그럼 아까 녀석의 몸 주위에 있던 검은 안개는?”

“맞다. 그것이 바로 내가 걸어준 검은 운무마법이었다.”

자랑스럽다는 듯 가슴을 내밀며 우쭐거린다.

하지만 곧 유정상의 날선 시선에 움츠러들었다.

“네 작품이었다는 말이군.”

뭔가 분위기가 이상해지자 곧바로 주코가 다시 비굴한 표정으로 굽실거렸다.

“잘못했다. 그 놈이 시킨 일이니까 용서해 줘.”

“어쨌든 네가 놈을 도와준 덕분에 하마터면 황천길 갈 뻔 했으니까.”

“정말 잘못했다.”

“흐음.”

덜덜덜

주코가 전신을 떨며 용서를 구했다.

"뭐, 아까는 적이었으니 어쩔 수 없는 일이었고 놈도 처단했으니 일단 용서는 해주지."

"고맙다. 주인."

"어쨌든 그런 굉장한 마법도 가능하다는 이야기겠지?"

그런데 유정상의 말이 끝나자마자 다시 화들짝 놀라며 입을 다무는 주코.

"뭐야? 무슨 문제 있어?"

"이젠 불가능한 능력이다."

"뭐? 죽고 싶냐?"

"미안하다. 잘못했다. 죽고 싶지 않다."

"으이그 시끄러워. 아무튼 왜 그런지나 잘 설명해봐. 납득 안 되면 각오하고."

유정상의 날카로운 시선을 느낀 주코가 잔뜩 주눅들은 표정으로 이야기를 시작하려고 하는데 근처에 있던 백정이 머리를 까닥거리며 '삐삐삐삐' 거리며 노래라도 부르는 것처럼 보이니 화가 치밀었다.

그러나 유정상의 표정이 더욱 험악하게 변하자 곧 주코가 입을 열었다.

"그 능력은 암흑에너지가 필요하다. 그런데 아까 이쪽세계로 끌려오고 그 차원의 틈마저 막혀서 이젠 그 에너지를 사용할 수 없다."

"아까 검에 불을 붙였던 건?"

"그건 이곳의 마나를 이용한 마력이다. 주인과 계약을 맺으면서 새로운 능력이 생긴 것이다."

그제야 주코가 서둘러 자신에게 충성의 서약을 한 이유를 알 것 같았다.

녀석이 이곳 던전으로 넘어오면서 자신의 능력을 상실해 어차피 살려주었더라도 던전 안에서 몬스터들에게 사냥 당했을 것이니 살기 위해서라도 그것이 필요했던 것이다.

"이쪽 에너지를 사용할 수 있다면 그와 엇비슷한 능력을 발휘하는 것도 가능하겠지?"

"이제 초급 단계라 그건 무리다."

"초급?"

"하지만 충분히 도움이 될 거라 확신한다."

주코의 말대로 녀석의 능력이 초급이라 하더라도 저런 버프 능력이라면 충분히 큰 힘을 발휘할 것이다.

고개를 끄덕인 유정상이 다시 주코에게 물었다.

"아, 그건 그렇고 하나 물어보자."

"물어봐라."

"주주밍의 정체가 뭐지? 넌 알고 있을 것 같은데."

"씨앗이다."

"씨앗?"

"그렇다. 주주밍의 씨앗이라는 마계의 아이템이다. 켈레우스가 흑마법사 토트마에게서 얻은 씨앗이다."

씨앗이라고 하니 생각나는 것이 있었다.

백정도 씨앗에서 알이 자라나 결국 그곳에서 나왔으니까.

“결국 이 모든 것이 켈레우스란 놈의 계략이었다는 거냐?”

“그렇다. 이곳에 발을 들이기 전에 먼저 이곳에 씨앗을 심어 주주밍들을 퍼트린 것이다.”

“주주밍들을 어떻게 통제할 작정이었지?“

“다시 씨앗으로 보내는 주문이 있다.”

“씨앗으로 보낸다고?”

“그렇다. 원래 씨앗으로 돌아간다.”

이제야 상황이 대충이나마 정리가 되는 것 같았다.

켈레우스란 놈이 우연찮게 차원의 균열을 발견했고, 그것을 어떠한 방법으로 뚫어서는 이곳 던전에 주주밍의 씨앗을 심었다.

아마도 주주밍들이 이곳 던전을 장악하면 곧바로 씨앗으로 만들고 던전을 장악하려 했던 것 같았다.

“아마도 이곳을 발판으로 계속 영역을 넓혀가려 했겠군.”

“맞다. 이곳이 자신의 세력을 키우는 시발점이 될 거라는 이야기를 했었다.”

모든 이야기를 들은 유정상이 고개를 끄덕이자 주코가 다행이라는 표정을 지어보였다.

“그래. 네 쓸모를 증명했으니 계약은 취소하지 않겠어.”

"고맙다. 주인."

"고맙긴. 이제부터 제대로 굴려 줄 텐데 말이지."

"……."

"크크크."

"삐삐삐."

유정상과 백정의 간사한 웃음소리에 주코가 식은땀을 흘렸다.

커서 마스터

Cursor Master

4. 던전의 폭군 드레이크

커서 마스터

Cursor Master

4. 던전의 폭군 드레이크

"어머, 블랙로브라는 사람의 정체가 밝혀졌나 봐."

"그게 누군데 그러니?"

"엄마는 참, TV 안 봐?"

"안보긴 요즘 드라마 허깨비가 얼마나 재밌는데."

"드라마만 보니까 모르지. 요즘 최고로 핫한 인물이야."

"그런데 이름이 블랙머시기라고?"

"블랙로브."

던전에서 돌아온 유정상이 샤워를 끝내고 냉장고를 뒤지는데 거실에 있던 누나와 어머니의 대화를 듣고는 황당한 표정을 지었다.

그리고 곧바로 거실로 나가보니 두 사람이 뉴스를 보면서 수다를 떨고 있었다.

유정상이 모르는 척 누나에게 물었다.

"블랙로브가 밝혀졌다고?"

"그렇다나봐."

"누구라는데?"

자신이 뉴스에 나왔다면 누나가 저렇게 이야기할리는 없을 거라는 생각에 능청스럽게 물었다.

하지만, 만약이라도 진짜 자신이 알려진 것이라면 범인은 공지훈이 틀림없을 거라는 생각을 하며 유정상은 가볍게 인상을 찌푸렸다.

"저거 봐."

유정인이 TV화면을 가리키자 특종이라는 글자와 함께 영상이 나오고 있었다.

화면 속에선 던전에서 나오는 사내가 카메라를 바라보며 살짝 놀라는 듯 보였다.

얼굴이 모자이크 되어 있었지만 금방 그가 누구인지 알 수 있었다. 그 독특한 헌터 슈트의 디자인을 모를 리가 없다.

"방지훈이군."

공지훈이라는 걸 한눈에 알아본 것이다. 하지만 그의 성이 방씨가 아니라 공씨라는 사실은 늘 잊어 버린다.

"방지훈? 너 아는 사람이니?"

"뭐, 안면이 있는 놈이지. 늘 귀찮게 굴어서 조금 성가시기는 하지만 말이지."

"대박! 너 어떻게 블랙로브를 알고 있는 거야?"

"블랙로브? 큭큭. 설마."

어이가 없다는 표정으로 웃는 유정상의 모습에 유정인이 아니라는 듯 손을 휘저었다.

"방송에선 그가 거의 확실하다던데? 블랙로브가 나타난 던전에서 혼자 나온 각성자는 저 사람이 유일하다고 하더라고."

그때서야 유정상도 어째서 이런 상황이 되었는지 이해할 수 있었다.

사실 유정상이 던전을 나오던 순간 던전의 근처에 사람들이 몰려있단 걸 알고는 곧바로 은신 스킬을 써서 몰래 빠져나왔기 때문에 아무도 그 흔적을 발견하지 못했다.

던전의 바로 앞에선 던전의 에너지 파장이 강해 방송용 카메라나 일반 전자제품의 경우 제대로 작동을 하지 않기 때문에 언론이나 사람들의 감시로부터는 좀 안전한 편이다.

하지만 입구에서 30미터 이상만 떨어지면 전자제품에도 거의 문제가 발생하지 않는다는 사실 때문에 기자들이 좀 멀찍이 자리를 잡고 감시의 눈을 번뜩이고 있었던 것이다.

그 기척을 느낀 유정상은 많은 사람들이 부담스러워서 은신 스킬로 빠져나간 것인데, 일반인에 불과한 기자들로서는 그 흔적을 발견하는 게 불가능 했을 것이다.

입구에서 좀 떨어진 곳에 어째서 그렇게 많은 사람들이 모여 있나 했더니 결국 자신의 정체를 밝히기 위해서였다는 걸 뒤늦게 알게 되었다.

아무튼 엉뚱하게 공지훈이 블랙로브로 오인 받았으나 유정상의 입장에서 그건 그거대로 나쁘지 않았다.

'좀 귀찮기는 하겠지.'

사실 그 시각 공지훈은 그런 반응 따위는 별로 신경 쓰지 않고 그저 부엌에서 음식을 만드느라 정신이 없었다.

유정상이 준 냠냠플레이어의 냄비를 이용해 이것저것 실험을 해보느라 정신이 없었다.

하지만 만족스런 결과는 전혀 나오지 않고 있었다.

"어째서냐? 어째서 그런 맛이 나오지 않는 것이냐?"

화를 버럭 내던 공지훈이 냄비를 붙들고 소리쳤다. 그러나 아무도 그 질문에 대답해주는 사람은 없었다.

"던전에서 먹었을 땐 분명 엄청나게 맛있었는데."

그렇게 말하고는 순간 멈칫했다.

던전.

생각해보니 유정상과 만나 음식을 먹었던 장소는 모두 던전이었다.

그렇다면 결국 이 냄비와 던전이 관계가 있을 거라는 사실이었다.

"역시 던전에서 음식을 해봐야겠군."

❖ ❖ ❖

6성급 던전 '샤도우 킬 2호'

유정상은 개인의 자격으로 이곳을 들어올 수 없다는 사실 때문에 결국 은신 스킬을 이용해 잠입했다.

[미션생성]

[좌표는…….]

그렇게 미션이 가리키는 곳이 이 던전이었으니 유정상으로는 선택의 여지가 없었던 것이다.

물론 이런 식의 던전 입장은 분명 불법이었지만, 뭐 정상적인 방법으로는 못 들어가게 하니 어쩔 수 없는 일이었다.

국가에서 따로 관리하고 있다고는 하지만 전국에 있는 6성급 이상의 던전이 80개 이상이다.

물론 계속 늘어나고 있는 상태.

그렇다보니 관리도 허술했다.

미래에는 모든 던전이 개방되어 있는 상황이었고, 돈만 있다면 각성자 누구라도 들어갈 수 있는 여건이었다. 물론 자신의 수준에 맞지 않는 곳이라면 목숨을 내놓아야 할지도 모르지만 말이다.

아무튼, 5성급의 던전도 제법 클리어 한 유정상이 드디어 6성급 던전에 도전하기 시작했다.

그런데 겨우 1등급 차이임에도 몬스터의 수준은 완전히 달랐다.

특히나 언데드라는 놈들의 특징은 잘 죽지 않는다는 것.

그것이 주는 공포가 상당한 탓에 어지간한 길드에서도 6성급 이상은 잘 공략하지 않는 편이다.

던전 입장과 동시에 미션이 주어졌다.

[미션]

[드레이크 레어를 찾아라.]

[강력한 비행 몬스터 드레이크의 레어를 찾아라.]

[미션 실패 시 2만 골드가 사라진다.]

[미션 수행까지 남은 시간 24시간]

"실패 벌칙이 이번에 2만 골드뿐이네."

유정상은 조금은 안심이라는 듯이 그렇게 중얼거렸다.

2만 골드면 2억이지만, 어느샌가부터 골드를 돈으로 인식하지 않고 있었다. 어차피 그런 걸 일일이 따지다간 혈압 때문에 쓰러질 것 같았기 때문이었다.

어찌되었건 평소보다 벌칙이 가볍다는 건 그냥 간단한 미션일 수도 있지만 어쩌면 그만큼 이번 미션이 어렵고 실패할 가능성이 높다는 뜻일지도 모른다.

[미션을 수행할 아이템이 주어집니다.]

곧바로 유정상의 시야 한쪽 편에 동그랗게 생긴 검은 판이 생성되었다.

[드레이크 레이더]
[드레이크가 1km 반경 이내에 있다면 확인 가능.]

검은 레이더에는 아직 아무것도 보이지 않았다.
그리고 이어서 검은 레이더의 옆에 붉은 버튼이 생성되었다.
무슨 버튼인가 싶어서 그 버튼에 커서를 가져가 보아도 아무런 표시가 되어있지 않다.
버튼을 커서로 눌러보니 눌러지기는 하지만 레이더에는 아무런 일도 발생되지 않았다.
아무런 의미가 없는 버튼일리는 없지만 지금으로서는 버튼의 목적을 알아낼 방법이 없으니 일단 고민은 털어 버렸다.
그리고 이번 미션에 대한 생각을 해본다.
"음. 드레이크 레어라……."
드레이크란 드래곤 종류의 하나로서 크기는 7-9 미터 가량이고 날개폭은 대충 20미터 이상이다. 생긴 것도 완전히 이야기 속에나 등장하는 드래곤의 모습 그대로지만 말 그대로 유사 드래곤일 뿐, 진짜 드래곤으로 보기엔 좀 많이 모자라는 몬스터다.

하지만 어디까지나 그건 드래곤과 비교했을 때의 이야기지 일반 헌터들이 상대하기엔 지나칠 정도로 강한 놈임에는 틀림없다.

일단 크기를 떠나 하늘을 난다는 사실과 녀석이 입에서 불을 뿜는다는 것만으로도 쉽게 감당이 안 되는 것이다.

일단 드레이크가 6성급 던전에 있다는 사실도 쉽게 납득이 되지 않았다.

드레이크 같은 고위급 몬스터의 경우 최소 7성급 이상에서, 그것도 정말 간혹 재수 없게 만나는 종류가 이놈이다.

어지간한 길드라도 몸을 숨길만 한 장소가 없는 장소에서 이놈을 만나면 몰살당하기 쉽다는 이야기도 들었었다.

그런데 그런 놈의 레어를 찾으라니, 설마 자살할 장소를 찾으라는 건가 싶었다.

그냥 몰래 다가가서 레어를 찾기만 하면 끝나는 것인지 어떤지 지금으로서도 알 수가 없는 일이지만 드레이크라는 이름만으로 긴장이 되는 건 유정상도 어쩔 수가 없었다.

안개가 잔뜩 깔려 있는 스산한 협곡 같은 느낌의 던전.

잠시 후 땅속을 뚫고 나온 백정이 소리를 질렀다.

"삐이이!"

그와 동시에 검은 연기가 생겨나더니 곧 그것들이 뭉치며 주코가 생겨났다.

"어서 와라. 주인."

주코의 인사에 유정상이 가볍게 고개를 끄덕였다.

어린 외모에 어울리지 않게 여전히 건방진 어투를 구사하고 있었지만 유정상은 오히려 저런 말투가 더 편했기에 전혀 신경 쓰지 않고 입을 열었다.

"오늘의 미션은 알고 있나?"

"알고 있다."

"그래. 네 의견은?"

"자살행위다."

"백정!"

"삐이이!"

유정상의 부름에 백정이 눈을 빛내며 앞발에서 커다란 쌍칼을 뽑아냈다.

마치 언제라도 말만 하면 순식간에 주코의 뼈와 살을 발라버릴 것처럼 위협적인 모습이었다.

"왜, 왜 이러는 거냐. 주인."

"방금 뭐라고 했는지 다시 말해 볼래?"

"그…… 음. 큼. 음. 저, 저기. 충분히 가능한 미션이다. 드레이크라……. 이, 이거 두근두근 한 걸……!"

땀을 삐질 거리는 주제에 주먹을 불끈 쥐며 썩은 미소까지 지으니 더 우습다. 그러나 유정상은 표정을 관리하며 냉랭한 어투로 주코에게 말했다.

"그래. 좋아. 그럼 방법을 내 놔봐."

"헉. 난 책사가 아니다. 그런 건 내 전문이 아니니까 강요해도 소용없다."

"백정!"

"삐이이!"

"미, 미끼가 필요할 것 같다."

주코가 서둘러 생각나는 대로 아무렇게나 대답하자 유정상의 눈이 번쩍 뜨였다. 미끼라니 어쩐지 단순하면서도 좋은 방법 같이 느껴졌기 때문이다.

"오호, 그런 좋은 방법이. 좋아 결정!"

"자, 잠깐! 아직 계책을 말하지 않았다."

"됐어. 계책은 그걸로 충분해. 네가 미끼만 되어준다면야, 어떻게든 되겠지."

"뭣!"

사실 유정상으로서는 드레이크의 레어를 찾는다는 사실보다는 레어에 접근했을 때 드레이크에게 발각이 되면 곤란하다는 것이 더 큰 문제였다.

미션에는 성공했다고 하더라도 드레이크에게 걸리면 죽을 수도 있는 일이었다.

그러니 만약 그런 일이 발생한다면 소환수를 모조리 드레이크의 먹이로 던져주고서라도 탈출해야만 한다는 사실을 염두에 두고 움직여야 할 것이다.

소환수들이야 소멸하더라도 다시 소환이 가능하지만 자신은 죽으면 그걸로 끝인 것이다.

이건 게임이 아니다.

미션이 주어진다고 해도 유정상에게는 삶이 걸려 있는

문제였다.

던전에 들어서자마자 스켈레톤들의 모습이 보인다.

주변에 간간이 어정쩡한 움직임으로 돌아다니는 스켈레톤을 보며 곧 유정상이 트롤 20마리를 소환시켰다.

현재 군주 포인트는 모두 290점.

트롤 20마리가 사용하는 포인트는 마리당 3점이므로 60점이다.

그래서 남은 포인트는 230점.

트롤들의 평균 레벨은 15였지만 여러 번의 전투로 인해 경험치가 쌓인 놈들은 대부분 16레벨이 되어 있었다.

멀리서 돌아다니는 스켈레톤을 커서로 확인했다.

[이름: 스켈레톤 병사]

[레벨: 18]

[공격력: 540]

[방어력: 490]

[생명력: 3900/3900]

[힘: 220]

[민첩: 35]

[체력: 350]

[지능: 5]

4성급으로 따지면 보스 정도의 레벨이다.

이런 놈들이 주변에 깔려있다.

하지만 재생력이 강한 트롤이라면 어떤 결과가 생길지 궁금했다.

가장 가까이 있던 스켈레톤 한 놈이 유정상 쪽을 확인하고는 다 썩어가는 검을 들고 달려들었다.

하지만 트롤 세 마리가 놈을 에워싸고는 곧바로 합공을 시작했다.

"크아아아아!"

"끼아아!"

확실히 허술해 보이는 모습에 비해 공격력이 높다.

스켈레톤 병사가 다 썩은 검으로 슬쩍 휘둘렀음에도 트롤 한 마리의 팔이 떨어져 나간다.

그리고 한참을 치고받더니 스켈레톤이 더 이상 재생이 되지 않고 완전히 부서져 버렸다.

하지만 트롤도 두 마리나 전투 불능상태가 되어 버렸다.

"젠장, 이런 식이면 곤란한데?"

전장이 넓은 곳이 아니라 무작정 많은 수를 소환하는 것도 곤란하기 때문에 일단 20마리를 소환한 것인데 시작하자마자 2마리가 전투불능이 되니 유정상의 표정이 심각해졌다.

그렇다고 소환수들에게 모조리 포션을 푼다고 해도 일시적일 수밖에 없다.

그런데 그때 주코가 앞으로 나섰다.

그리고는 주코의 몸에서 검은 기운이 울렁거린다.

그러자 전신이 완전히 엉망이 되어 버려 전투불능 상태이던 트롤 두 마리의 몸이 서서히 복구되기 시작했다.

"어?"

떨어졌던 팔까지 다시 붙어 버리는 트롤들을 입까지 벌리고 놀란 표정으로 바라보던 유정상이 다시 시선을 주코 쪽으로 옮기며 말했다.

"너. 제법인데?"

"에헴. 이 정도는 보통이다. 지금은 발휘할 수 있는 능력이 많지 않아 한 번에 한 가지 밖에 사용 못한다."

"그래도 이게 어디야?"

이렇게 되면 싸울 만하다.

유정상이 지휘만 잘한다면 소환수들의 손실 없이도 사냥이 가능한 상황이 된 것이다.

곧바로 본격적인 전투에 돌입했다.

사방에서 트롤들과 스켈레톤들이 엉켜 싸우기 시작했다.

물론 트롤들의 피해가 많았지만 주코의 적절한 개입 덕분에 트롤들의 몸은 금방 복구되었다.

한 마리의 손실도 없이 20마리만으로 스켈레톤을 30마리 이상 해치웠다.

덕분에 스켈레톤의 뼈를 꽤나 구했고, 간간이 유정상이 직접 상대했던 스켈레톤들에게선 귀한 아이템들도 심심찮게 나왔다.

금화는 기본적으로 천 골드짜리의 작은 금괴가 한두 개씩 나왔고, 브릴륨 조각도 간간이 나왔다.

[레벨이 올랐습니다.]
[레벨이 21이 되었습니다.]

싸움이 시작된 지 얼마 지나지도 않았는데 벌써 레벨이 올랐다.

소환수를 이용한 전투에서 유정상이 받는 경험치는 얼마 되지 않음에도 놈들의 레벨이 높다보니 그 영향을 받은 것이다.

거기다 자기들보다 높은 레벨의 몬스터를 직접 상대하는 트롤들도 빠르게 성장했다.

백정도 꾸준히 전투에 가담하며 어쩌다 나오는 검은 구슬을 집어삼키는 것이었다.

유정상도 처음엔 저게 뭔가 싶었는데 알고 보니 일종의 스켈레톤 몸에서 가끔 나오는 내단과 비슷한 종류의 물건이었다.

그게 엄밀하게 따지면 스켈레톤의 생명석이었는데 그것을 삼키며 백정도 나름 경험치를 쌓고 레벨업까지 이루고 있었다.

그렇게 이동해 가는데 다시 스켈레톤들이 모습을 드러냈다.

처음엔 한 마리씩만 나타나던 놈들이 어느 순간부터는 두 마리 혹은 세 마리로 늘어나더니 이젠 아예 다섯 마리 이상씩 한 무리를 이루며 나타나기 시작했다.

물론 협곡도 점점 넓어지고 있었다.

공간이 좀 넓어지자 이번에는 2포인트씩 소모하는 돌 고릴라를 추가로 10마리 소환해 전투에 임하게 했다.

공격력은 모자라지만 방어력은 상당히 뛰어난 녀석들이었다.

돌 고릴라가 전면에서 몸빵을 하고 뒤쪽에서는 주코가 틈틈이 소환수들에게 힐링을 걸어주면서 싸움에 임하니 5마리라도 크게 피해 없이 때려잡을 수 있었다.

덕분에 인벤토리에는 스켈레톤의 뼈만 무한정으로 늘어났다.

스켈레톤의 뼈는 강력한 마력을 머금고 있기에 일반 몬스터의 뼈보다 훨씬 비싼 값에 거래되니 이것만으로도 꽤나 돈이 될 것이다. 그런 생각에 사냥을 지속하던 그때 갑자기 비상 벨 소리가 울렸다.

삐삐삐삐.

디스플레이에 생성된 검은 둥근판에 갑자기 나타난 붉은 점.

바로 드레이크가 인근에 출현한 것이다.

"젠장. 후퇴!"

유정상의 말에 스켈레톤과 싸우던 트롤과 돌 고릴라가

유정상의 명령에 따라 서둘러 물러서면서 빠르게 협곡 인근의 바위틈까지 도망가서 숨어들었다.

갑자기 싸우는 대상을 잃은 스켈레톤들은 우왕좌왕하며 대부분 그 자리에 멈춰서 혼란스러워 하고 있었다.

그리고 곧이어 공중에서 정체를 드러낸 검붉은 색의 드레이크.

"크아아아아아!"

놈이 공중에서 포효를 내지르자 바위틈에 숨어 있던 소환수들이 몸을 잔뜩 움츠렸다.

상위 포식자에 대한 두려움에 본능적으로 그렇게 움직인 것이다.

드레이크는 거대한 날개를 퍼덕이더니 주변에 있던 스켈레톤들을 향해 공중에서 아가리를 크게 벌렸다.

쿠우우우우우

검붉은 색의 화염이 바닥에 사정없이 내리꽂혔고 그 불길에 레벨 18의 스켈레톤 병사 7마리가 별다른 저항도 못해보고 순식간에 녹아내리기 시작했다.

드레이크의 가공할 만한 화염 브레스에 유정상의 등골이 서늘해졌다.

시끄러운 전투소리에 반응해서 성질을 부리는 것 같은 녀석의 행동으로 봐서는 이곳은 놈의 영역이 틀림없다. 과연 놈의 시선을 피해 레어를 찾을 수 있을 것인가 걱정이 되기도 했다.

"젠장, 1km라고는 해도 금방이네."

그야말로 레이더에 포착되자마자 순식간에 나타나니 녀석을 대비할 시간이 너무 부족했다.

이번에 그래도 운이 좋아 피해가 없었지만 앞으로는 어떨지 알 수없는 일이다.

그리고 드레이크가 사라지고 나자 다시 이동을 시작했다.

드레이크의 화염 브레스가 주변에 있던 바위까지 모조리 녹여 버려 그 열기에 얼굴까지 화끈거릴 정도였다.

마치 화산지대에 와 있는 듯한 열기에 혀를 내둘렀다.

그것을 둘러보던 주코가 인상을 잔뜩 일그러뜨리며 투덜거렸다.

"이래서 불가능한 미션이라고……."

유정상이 커서로 주코의 다리를 붙잡아 거꾸로 번쩍 들어올렸다. 그리고 녀석에게 다가가서는 눈에 살기를 피웠다.

"방금 뭔가 잘 못 들은 것 같은데, 너 지금 뭐라고 했지?"

"여, 역시 주인이라면 충분히 달성할 수 있는 미션이라고……."

얼른 말을 바꾸는 주코의 변명에 잡고 있는 녀석의 다리를 놓아 버리자 그대로 떨어져서는 바닥에 머리를 쿵하고 찧고 말았다.

"아야!"

주코가 머리를 벅벅 문지르는 사이 유정상이 다시 이동을 시작했다.

그러는 사이 또 스켈레톤 병사들이 나타났다.

소환수들을 이용해서 진형을 짜고 스켈레톤들을 한참 때려 부수는데 다시 비상벨이 울렸다.

삐삐삐삐.

"아잇! 또……!"

유정상이 빠르게 움직여 그곳을 벗어나 바위에 몸을 숨겼고 몇 마리의 소환수들도 그 자리를 피했다. 하지만 미처 벗어나지 못한 소환수들과 스켈레톤들은 드레이크의 화염에 녹아 버리고 말았다.

순식간에 12마리의 소환수를 잃은 유정상의 얼굴이 잔뜩 일그러졌다.

"젠장. 이런 식이라면 놈의 레어에 접근하는 건 불가능해."

놈의 레어에 다가가면 다가갈수록 더 자주 출몰할 것이 분명했다.

특히 전투가 시작되면 멀리서도 들릴 만큼의 소음이 발생했기에, 드레이크의 등장 확률은 100%에 육박했다.

"그러니까. 내가 그랬잖아……."

그 때 유정상의 살기 어린 눈빛을 본 주코가 얼른 뒷말을 얼버무린다.

"크음. 뭐. 주인이라면 뭔가 다를지도 모른다고 말이야……."

일단 레어 쪽으로 이동하는 동안은 몰래 잠입하는 게 더 중요하다고 판단한 유정상은 몬스터를 더 이상 소환하지 않고 이동하기로 결정했다. 그리고 소환된 몬스터들도 그냥 소환을 취소해 버렸다.

중급에 이른 은신 스킬을 시전하며 협곡을 이동해 가면서 스켈레톤과 마주쳐도 그냥 지나쳐 버렸다. 그러나 마나 소모가 큰 덕분에 중간 중간에 마나를 보충해야하는 귀찮음은 있었다.

어쨌든 그를 따라 백정은 땅속으로 이동했고 주코는 특유의 은신술로 유정상을 좇았다.

삐삐삐삐.

또다시 갑자기 울리는 비상 벨 소리.

은신 스킬을 시전하고 있음에도 혹시 모른다는 생각에 바위틈에 몸을 숨겼다.

하늘 높은 곳에서 드레이크가 커다란 날개를 퍼덕거리며 날고 있는 모습이 어렴풋이 보인다.

이미 레어 근처에 가까워 졌다는 건 유정상도 느낌으로 알 수 있었다.

주변에 자욱하던 안개가 사라지기 시작했고 어느 순간부터는 스켈레톤 병사들도 전혀 보이지 않았으니 당연한 일이었다.

그리고 놈의 모습이 사라지자 다시 이동하던 유정상은 거대한 바위산을 만났다.

머리를 들어 올려다보니 바위산에 걸쳐진 구름 때문에 높이를 제대로 가늠할 수가 없었다.

커서가 가리키는 방향은 깎아지른 듯한 절벽으로 막혀 있는 바위산의 정상 쪽.

아마도 놈의 레어는 바위산 정상에 있는 게 분명했다.

"너희들을 이곳에서 기다려."

"삐이이이."

"알았다. 주인."

백정은 걱정스러워하는 기색이었지만 주코는 살았다는 듯 기뻐하는 표정이다.

조금 얄밉다는 생각에 주코의 머리를 한 번 가볍게 쥐어박고는 바로 이동의 팔찌를 이용해 바위산을 오르기 시작했다.

빗줄을 쏘아 오르고 적당한 디딤돌을 찾아 내려선 다음 다시 빗줄을 쏘기를 반복.

그렇게 한참 동안 가파른 절벽을 오르는 중에 다시 비상벨이 울렸다.

삐삐삐삐삐삐.

확실히 레어 근처라 그런지 비상 벨 소리도 점점 요란해지고 있었다.

얼른 바위틈으로 몸을 숨긴 유정상은 눈만 빼꼼히 내밀어서 근처로 날아오는 물체를 보았다.

검붉은 색의 드레이크가 커다란 날개를 퍼덕거리며 날아

오는 모습은 굉장한 위압감을 주었다. 그런데 녀석의 방향이 유정상이 있는 곳을 향하고 있으니 뭔가 찜찜했다.

아니나 다를까 놈이 어느 정도 다가왔다 싶더니 갑자기 날개를 쫙 펼치고 허공에 멈추고 아가리를 쫙 벌렸다.

바로 그 무시무시한 화염 브레스를 쓰기 직전의 자세였다.

콰아아아아

강렬한 화염이 유정상이 숨어 있던 바위틈을 향해 덮쳐왔다.

유정상은 드레이크가 브레스를 쓸 기색을 파악하자마자 곧바로 절벽의 아래쪽을 향해 몸을 날렸다.

엄청난 높이까지 올라온 상태라 위험하기는 했지만 그렇다고 해서 불에 타죽을 수는 일보다는 낫지 않은가?

그렇게 한참을 자유낙하를 해서 녀석의 공격권을 벗어난 다음에 이동을 팔찌를 이용해 다시 바위 절벽 쪽으로 이동하며 몸을 숨겼다.

빠른 속도로 떨어졌기에 운이 좋다면 놈에게서 벗어날 수 있을지도 모른다고 생각했는데 유정상이 절벽에 붙어서 살짝 올려다보니 여전히 놈의 시야에 잡힌 상태였다.

눈이 마주친 녀석이 빠른 속도로 유정상이 있는 방향으로 날아오자 유정상도 얼른 몸을 날렸다.

콰아아아아.

유정상이 있던 자리가 불길에 휩싸였지만 이미 몸을 피한

다음이었다. 떨어지면서 유정상은 은신 스킬을 풀어 버렸다. 놈에게 중급의 은신이 먹히지 않음을 알고는 마나 소모라도 줄이기 위해서였다. 그런데 떨어지는 속도를 줄이기 위해 잠깐 이동의 팔찌로 이동하는 그 순간에도 놈의 화염 브레스가 유정상을 향해 발사되었다.

"젠장!"

유정상의 움직임을 어느 정도 읽고 발사한 화염이 유정상의 이동방향에 맞춰 정확히 날아든다. 뜨거운 화염이 유정상을 덮치려던 순간 커서가 빛을 뿜었다.

그리고 곧바로 방패로 변하더니 놈의 화염을 막아냈다.

콰아아앙!

화염이 궁극의 방패를 뚫지 못하고 주변으로 흩어져 버린다.

드레이크가 날개를 퍼덕거리며 방향을 바꾸었지만 방패는 놈의 이동방향에 맞춰 화염을 막아 냈다.

설마 커서 방패로 놈의 화염까지 막아 낼 수 있을 거라고는 전혀 예상하지 못했지만 목숨이 위급한 이 순간에 멍하게 있을 수는 없다고 생각하며 다시 이동의 팔찌를 이용해 움직였다. 그리고 이번에는 방패를 믿고 일단 위쪽으로 올라가기 시작했다.

유정상의 움직임을 확인한 놈이 화염으로 계속 공격하다 그것이 방패를 뚫지 못하자 이번에는 발톱을 이용해 방패를 공격했다.

카앙!

카앙!

그러나 궁극의 방패를 겨우 발톱으로 어쩔 수 없는 일.

거기다 유정상이 절벽을 다시 오르는 모습을 보고 드레이크는 방패는 포기하고 유정상 쪽으로 이동했다.

가까이 접근한 놈이 다시 화염의 브레스를 내 뿜자 순식간에 다시 나타난 방패가 그 불길을 막아 낸다. 공간을 입체적으로 움직이는 커서에게 거리의 개념 따위는 상관이 없었다.

그 사이 유정상이 재빨리 바위의 틈에 멈춰 서서 주먹을 날렸다.

드레이크와의 거리가 주먹 기파의 사거리 안으로 들어왔기 때문이었다.

퍼엉!

"카오!"

기습적인 유정상의 주먹이 방심하고 있던 놈의 오른쪽 날개를 강타하자 드레이크는 크게 휘청거리며 소리를 질렀다.

그러더니 빠르게 날개를 퍼덕이며 뒤로 물러섰다.

화염공격은 막히고 어느 정도 접근하면 이상한 공격이 날아온다는 걸 알아버렸다.

생각 이상으로 상대하기 까다롭다고 느낀 것이다.

놈이 무슨 생각을 하는지 잠시 동안 허공에 멈춘 상태로 유정상을 노려보다 곧바로 어디론가 퍼덕거리며 날아가 버렸다.

그 모습을 본 유정상이 이마에 흐르는 땀을 닦고는 한숨을 쉬었다.

"휴우."

겨우 한숨을 돌리긴 했지만 이대로 포기할 것 같은 느낌이 아니라 신경이 쓰인다.

그런데 아직 레이더에는 놈의 모습이 사라지지 않았다.

레이더를 보면 제법 멀리 떨어진 지역에 멈춰있었는데 뭘 하는지는 몰라도 상당히 불안한 느낌이었다.

그러나 유정상은 계속 이동의 팔찌를 이용해 절벽을 오르기 시작했다.

몸이 지치면 클린볼과 생명력 포션을 아낌없이 이용해 체력을 보충해가며 움직였다.

어쨌든 여기까지 왔는데 최소한 레어의 위치는 확인하고 물러나자는 생각이었다.

그때 레이더에서 놈이 다시 다가오는 게 보였다.

유정상도 오르는 걸 멈추고 비교적 발 디딤이 안정적인 곳에 자리를 잡은 후에 놈이 나타날 방향을 바라본다.

그런데 이번엔 드레이크도 혼자가 아니었다.

"젠장. 뭐야?"

드레이크 주변에 있는 비행 몬스터들.

가오리 모양을 하고 있다고 해서 '하늘 가오리' 라 불리는 놈들이 주변에 10마리 정도가 있었다.

무슨 수를 썼는지는 몰라도 놈이 혼자만으로는 어렵다고 판단했던 것인지 저 놈들까지 끌고 나타난 것이다.

그때 다시 드레이크가 유정상에게 화염을 발사했다.

콰아아아아.

다시 커서가 방패로 변하며 그것을 막아내자 그 순간 하늘 가오리들이 유정상을 향해 주둥이에서 커다란 독침을 발사하기 시작했다.

이미 커서의 방패는 브레스를 막아 내고 있었기에 저 독침은 스스로 해결해야 하는 것이다.

유정상이 재빨리 이동 팔찌를 이용해 그 자리를 벗어나며 사방에서 날아드는 독침을 피해내자 놈들이 유정상의 이동에 따라 움직였다.

그리고 한 마리가 가까이 날아들자 얼른 평평한 바위에 올라선 유정상이 주먹을 날렸다.

퍼엉.

"끼우우우!"

겁도 없이 가장 가까이 접근하던 한 놈이 유정상의 펀치에 정통으로 맞고 퍼덕거리다 아래로 떨어져 버렸다.

맷집이 그리 강하지 못한 놈이라 주먹 공격력을 감당하지 못한 것이다.

다시 주먹을 날려서 가까이 접근한 다른 한 마리를 더 적중시키자 그 놈도 휘청하다 추락해 버렸다.

놈들도 머리가 있는지 더 이상 다가오지 않고 먼 곳에서 독침을 다시 발사했다. 그러나 이번에도 늘보의 문신이 발동하며 여유롭게 놈들의 독침을 피해 낸 유정상은 다시 이동을 팔찌를 이용해 위쪽으로 올라가기 시작했다.

그 모습을 보다 못했는지 드레이크가 사납게 포효했다.

"쿠어어어어!"

놈의 포효소리에 찔끔한 하늘 가오리들이 한꺼번에 유정상을 향해 날아들었다.

앞뒤 안 가리고 온몸을 부딪혀 올 요량인 것 같았다.

거의 승용차만 한 덩치를 가진 녀석들이 한 번에 달려들자 당황한 유정상이 다시 바위에 자리를 잡고 이번엔 소환수를 불러들였다.

[남은 군주 포인트는 210점입니다.]

[군주 포인트 얼마를 사용하시겠습니까?]

"절반! 모두 송곳 원숭이로!"

유정상이 급한 마음에 속사포처럼 대답하자 공중에서 갑자기 백여 마리의 송곳 원숭이들이 생겨나더니 우수수 떨어지기 시작했다.

"끼끼끼끼!"

"워워워워워!"

갑자기 공중에서 소환되는 바람에 송곳 원숭이들이 기겁을

했다. 하지만 유정상이 정한 소환지점은 하늘 가오리들이 모여 있는 바로 위쪽이었기에 당황한 와중에도 송곳 원숭이들은 발 디딜 곳을 찾아서 하늘 가오리 쪽으로 몸을 날렸다. 그리고 버둥거리면서도 용케 수십 마리가 하늘 가오리들의 등에 올라탔다.

송곳 원숭이도 적지 않은 덩치다보니 한두 마리만으로도 하늘 가오리들이 휘청거렸다. 그런데 떨어지던 녀석들이 뭐라도 붙잡으려 발버둥 치다가 하늘 가오리의 주둥이나 날개 또는 몸통을 붙들자 하늘 가오리들이 버티지 못하고 모두 아래로 추락하기 시작했다.

그렇게 갑자기 생겨난 백여 마리의 원숭이들과 하늘 가오리들이 모조리 절벽의 아래로 떨어져 내려간 것이다.

소환수들에게 약간 미안한 감정이 들기도 했지만 그뿐이었다.

순식간에 하늘 가오리들을 정리한 유정상이 다시 이동 팔찌를 이용해 몸을 날렸다.

일부러 끌고 온 하늘 가오리들이 순식간에 바닥으로 떨어지는 모습을 본 드레이크가 포효하며 다시 유정상쪽으로 이동했다.

쿠아아아아.

이번에도 화염을 유정상에세 뿌리는 드레이크.

그러나 당연하게도 커서 방패가 그것을 막아 버렸다.

그때 놈이 커서 방패를 살짝 지나쳐 유정상의 근처로

날아들더니 아가리를 쩍 벌렸다.

방패가 브레스를 막는 틈을 타서 공격을 하겠다는 수작이었다.

유정상이 다급하게 주먹을 휘둘렀다.

퍼엉!

주먹의 강력한 기파가 놈을 가격했지만 드레이크는 그것을 튕겨내 버리고는 한 번에 유정상을 물어뜯겠다는 듯 최대한 아가리를 벌린다.

카앙!

다음 순간 놈이 강력한 충격에 뒤로 튕겨 버렸다.

커서 방패가 어느새 화염을 막아내고 다시 이동해 놈의 육탄공격까지 막아 낸 것이다.

아슬아슬한 순간을 넘기고 낮게 한숨을 쉰 유정상이 다시 빠르게 위로 이동했다.

어느새 구름 속으로 들어온 유정상.

하지만 멈추지 않고 계속 올랐다.

드레이크가 소리를 지르며 달려들었지만 방패에 의해 계속 막혀 버린다.

그리고 어느 순간 구름 속을 벗어난 유정상의 눈앞에 돌산의 정상이 모습을 드러냈다.

그의 주변에서는 방패와 드레이크 간의 공방이 시끄럽게 진행되고 있었지만 어느 정도 커서 방패의 성능을 확인한 유정상은 그저 묵묵히 바위산을 오를 뿐이었다.

그리고 어느덧 산의 정상 근처의 커다란 구멍까지 닿았다.

마지막 순간 점프로 정상 바로 밑의 굴에 뛰어 오르자 주변의 사물에 변화가 생겼다.

고개를 돌려 드레이크가 아가리를 벌리며 방패에게 공격하는 모습이 보였는데 그 움직임이 거의 정지된 것처럼 보일 정도로 느려졌다.

[미션완료.]

['드레이크 레어를 찾아라.' 미션을 성공했습니다.]

[보상으로 커서의 새로운 스킬 '오른쪽 버튼'이 주어집니다.]

"오른쪽 버튼? 설마 마우스 오른쪽 버튼 같은 건가?"

하지만 메시지는 유정상의 질문에 대답 따윈 해주지 않았다. 물론 유정상도 그것을 바라고 물은 것은 아니지만 말이다.

[레벨이 올랐습니다.]

[22레벨이 되었습니다.]

[추가 보상, 5만 골드가 주어집니다.]

[추가 보상, 앞으로 활력의 불꽃이 던전 진입 시마다 하루 기준 한 개씩 생성됩니다.]

"헉. 대박!"

5만 골드라는 거금도 거금이었지만, 그보다 정말 유용하게 쓸 수 있는 활력의 불꽃이 하루에 한 개씩 생성되다니 초대박이 아닐 수 없었다.

이제까지 미션 중 가장 까다롭다고 생각했는데 이만한 보상이 기다리고 있을 줄은 정말로 몰랐던 것이다.

[이름: 유정상]

[직업: 커서 마스터]

[칭호: 진정한 몽키킹, 늑대의 안내자, 붉은 오크 리더, 주먹왕]

[레벨: 22]

[공격력: 152+180(이네크의 반지)+150(불꽃의 조각S)]

[방어력: 123+360(전사의 로브)]

[생명력: 640/640]

[힘: 43]

[민첩: 47+10(오우거의 탄력 부츠)]

[체력: 68]

[지능: 11]

그런데 그때 유정상의 디스플레이에 생성되었던 붉은색 버튼이 깜박거렸다.

그동안 무엇에 사용하는 버튼인지 궁금했는데 지금 활성화

된 모양이었다.

보조 커서를 이용해 그것을 클릭하자 눈앞에서 포탈이 열린다.

귀환석으로 만들어내는 게이트와는 조금 다른 형태라 고개를 잠시 갸웃하긴 했지만 뭐 돌아갈 수만 있다면 상관없는 일이다.

그 안으로 들어가려 하자 다시 메시지창이 떠올랐다.

[통로 포인트를 지정해주세요.]

"통로 포인트?"

[포탈과 연결된 장소를 지정할 수 있습니다.]
[원하는 장소를 말하세요.]

갑작스러운 질문에 유정상은 아무생각 없이 그냥 반사적으로 대답했다.

"내 방."

이어지는 드레이크와의 전투로 상당히 피곤했기에 그냥 가고 싶은 곳을 말하라는 질문에 가장 먼저 떠오른 곳이었다.

그러자 유정상의 현재 방 모습이 눈앞에 보였다.

[이곳으로 정하시겠습니까?]

"그래."

그러자 곧바로 그의 방 문 앞에 복잡한 문양의 검은색 그림이 생성되었다.

[통로가 완성되었습니다.]

메시지를 확인한 유정상이 곧바로 포탈에 발을 들였다.

번쩍.

눈앞이 하얗게 밝아지는가 싶더니 곧 자신의 방에 들어와 있었다.

던전의 밖으로 나오면 자동으로 변하도록 설정해 두었던 가짜 헌터 슈트를 입은 채로.

곧바로 몸을 축 늘어뜨린 유정상이 오늘 하루도 무사히 넘겼다는 생각에 깊은 한숨을 쉬면서 바닥에 널브러졌다.

클린볼을 사용했다고는 해도 에너지를 너무 많이 사용한 탓에 굉장히 피로했던 것이다. 힘겹게 누운 채로 겨우 헌터 슈트를 벗어서 인벤토리에 넣고 그대로 곯아떨어졌다.

몇 시간이 흐른 걸까?

눈을 뜨니 창밖이 어두워져 있다.

시간을 확인하니 잠이든지 4시간가량 흐른 것 같다.

잠에서 깬 부스스한 얼굴로 방밖을 나서자 부엌에 있던 어머니가 유정상을 확인하고는 화들짝 놀랐다.

"너, 언제 들어온 거니?"

"어. 뭐. 아까."

"그랬니? 기척이라도 낼 것이지. 배고프지? 조금만 기다려라. 금방 밥 차려줄 테니."

"그보다 먼저 목욕부터."

"그럼 그렇게 해."

보통은 샤워를 끝내고 들어오는 터라 던전에 갔다 온 날엔 집에서 목욕을 잘 하지 않았지만 새로운 포탈을 통해 단번에 자신의 방으로 오는 바람에 그럴 틈이 없었던 것이다.

샤워를 하고 부엌으로 가서 엄마가 차려 둔 저녁 식사를 했다. 누나인 유정인은 요즘 요리학원 다니느라 바빠 평일엔 저녁까지 학원에 있으면서 연습 삼아 만든 음식으로 식사를 해결하고 8시 넘어서야 들어오곤 했다.

아무튼 샤워를 끝내고 나른한 기분을 느끼며 방으로 들어가 골똘히 생각에 잠겼다.

그리고 시선을 자동적으로 방문 앞에 그려진 검은 결계 문양에 고정되었다.

"포탈이라……."

던전의 입구를 통과하지 않고 자신이 원하는 장소에서 드레이크의 레어로 곧바로 갈 수 있게 만든 것도 신경이 쓰였다.

결국 결론은 하나뿐이다.

"레어로 다시 가란 뜻이겠지."

레어로 간다는 건 결국 드레이크와 어떤 식으로든 결판을 내야한다는 뜻이다.

"좀 무서운데.

하지만 그렇다고 해서 무한정 두렵다는 뜻은 아니었다. 그저 드레이크란 놈이 거칠기 때문에 그런 것일 뿐, 이기지 못할 거라는 생각은 들지 않았다.

특히 커서의 방패가 믿음직하다는 사실을 알고 난 후로 유정상은 드레이크의 거친 포효도 별로 두렵지가 않았다.

그러다 보니 생각도 조금 낙천적으로 변하는 것 같았다.

"뭐, 어떻게든 되겠지."

✣ ❖ ✣

"거참, 스켈레톤 뼈라니……."

트럭의 커버를 벗겨낸 박 노인이 입을 벌리고 말았다.

이번에 박가네 만물상회로 들어온 커다란 트럭에 실린 물건은 스켈레톤의 뼈들이었다.

6성급 이상의 던전에서만 사냥이 가능하다고하는 스켈레톤의 뼈들이 1톤 트럭에 가득 실릴 정도였다.

물론 다른 뼈들은 5톤 트럭 분량이었지만 스켈레톤의

뼈는 그 가치가 다른 것들이라 경악하지 않을 수가 없었던 것이다.

"트럭에 싣고 올 때마다 놀라지 않을 수가 없구먼."

고개를 절레절레 흔드는 박 노인이었다.

그런데 그의 딸 박시연이 같이 온 승합차에서 내리더니 이번에도 주머니 하나를 내밀었다.

"원숭이 이빨?"

"아뇨. 한번 보세요."

주머니를 열어보니 검은색의 금속 조각들과 금속 큐브 몇 개가 들어있다.

"이거 브릴륨 조각이군."

놀랐다는 듯 말하는 박 노인.

브릴륨 조각은 던전이 열리던 시절 잠시잠깐 보였다가 이젠 그 존재를 감춰 버린 금속이었다. 기본 성질이 얼음처럼 차갑고 마력 흡수를 잘하는 기이한 금속이지만 워낙 희귀한 놈이라 몇 년간 한 번도 이걸 구했다는 이야기를 들어본 일이 없었다.

"공 씨가 좋아 죽으려 하겠구먼. 클클."

✣ ❖ ✣

충북 제천의 6성급 던전 '마테오 3호'

이곳에선 국내 50위권의 대형 길드 '플레임'의 대규모

레이드가 이뤄지고 있었다.

6성급 이상의 던전은 기본적으로 일반 몬스터보다 한 단계 더 위험한 언데드 몬스터가 출현했다.

던전마다 특징이 있지만 이곳 마테오 3호 던전은 스켈레톤과 좀비가 주류를 이루는 곳으로 6급의 이상의 헌터가 아니라면 상대하기가 까다로운 녀석들이 대부분이다.

플레임 길드에서 이번 던전 레이드로 투입한 인원은 모두 120명.

5급 헌터 강호섭이 리더를 맡고 30명의 6급 헌터들이 주축이 되었으며, 짐꾼 역할을 수행하는 90명의 인원들 모두 7급 헌터들로 구성된 길드 최정예의 팀이었다.

한 길드에서 이렇게 많은 인원이 던전에 한꺼번에 투입되는 경우는 극히 드물었다.

던전의 상황에 따라서는 잡일꾼의 숫자가 많이 필요한 경우도 간혹 있었으니 100명이 넘는 정도의 인원이 투입되는 예가 아예 없는 일은 아니다.

하지만 보통은 그만큼 대규모로 투입하게 되면 개인당 생기는 이익이 엄청 줄어드는데다가 그 인원을 통솔하는 일도 번거로워 잘 실행하지 않는 방법인 것만은 사실이었다.

그러나 플레임 길드가 이러한 번거로움에도 불구하고 다수의 인원을, 그것도 최강의 구성해 던전 하나에 집중한 이유는 단순히 몬스터의 숫자가 많다든가 혹은 강력한 몬스터를 레이드 하기 위해라든가의 이유는 아니었다.

그것은 이곳 마테오 3호 던전에서 보기 힘든 '스트로늄'의 광산이 발견되었기 때문이었다.

스트로늄은 아주 희귀한 금속으로 지하광산형 던전에서만 가끔 발견되는 물질이다.

스트로늄은 이야기 속에 등장하는 미스릴과 비슷하게 마나의 전도성이 아주 뛰어난 성질을 가진 금속으로 공격 장비에 가장 중요한 재료로서도 각광을 받고 있어서 보통 헌터들은 이 금속을 그냥 미스릴이라고 부르기도 했다.

같은 무게의 금보다 10배 이상의 가치를 가지고 있었기에 스트로늄 한 덩어리만 발견해도 팔자를 고친다는 이야기가 있을 정도였는데, 크지는 않다고 해도 광산을 발견했으니 플레임 길드가 모든 전력을 쏟아 붓는 것도 당연한 일이었다.

이야기가 새어나가지 않게 보안에 엄청 공을 들였고 드디어 그 레이드의 날이 밝은 것이다.

원래 마테오 3호의 경우엔 평소 그렇게 많은 팀이 찾는 곳이 아니었던 데다가, 아예 플레임 길드가 국가로부터 3일 동안의 던전 사용권을 사들였기 때문에 오늘부터 3일간은 다른 각성자들이나 길드의 출입이 불가능했다.

일반적으로 많은 각성자가 찾는 인기 있는 던전의 경우엔 이런 식의 임대가 불가능하지만 인기 순위가 한참 밀려있는, 그러니까 흔히 말하는 파리 날리는 던전의 경우엔 간혹 길드 내부의 훈련 등의 이유로 이렇게 길드가 며칠 동안 임대하는 경우가 종종 있었다.

그리고 대부분의 경우 이런 신청은 힘 있는 길드가 하는 것이기에 국가의 입장에서는 딱히 거부할 명분이 없는 이상은 쉽게 받아들여졌다.

하지만 다른 길드들도 바보들은 아니기 때문에 이런 일이 생기면 주목을 하게 된다.

아마도 3일후에는 이 소식을 접한 대부분의 대형 길드에서 이 마테오 3호 던전에 조사팀을 보내겠지만 그건 플레임 길드로서도 어쩔 수 없는 일이다.

다만 최대 임대 기간인 3일이라면 대부분의 스트로늄을 확보할 수 있을 거라고 예상하고 있었다.

그래서 이번 레이드에 많은 채굴 장비들도 준비했다.

물론 채굴 장비라고 해봐야 복잡한 전자장비는 쓸 수 없으니까 대부분 단순한 기계방식이었고 그나마도 들고 운반할 수 있어야 했기에 모두 100kg 안팎의 물건들이었으니 그렇게 성능이 좋다고는 할 수 없었다.

하지만 광산의 크기가 그리 크지 않으니 몬스터들만 빨리 정리한다면 2일 만에 일을 마무리 할 수 있을 거라고 희망적인 관측을 하고 있었다.

물론 가장 이상적인 건 블랙로브가 이곳에도 안전지대를 만들어 놨다면 더욱 일이 쉽게 풀렸을 테지만, 아마 그런 것이 이곳에 있었다면 치솟은 인기로 인해 임대 자체가 불가능했을 것이다.

"모두 투입!"

부 길드장의 외침과 동시에 플레임 길드원 120명이 던전에 진입했다.

❖ ❖ ❖

공지훈에 대한 방송이나 인터넷 누리꾼들의 관심이 높아져가고 있었다.

그가 5급의 각성자인데다 소환술사라는 독특한 능력 때문에 원래도 알 만한 사람들 사이에선 꽤나 대단한 인기를 누리고 있었지만, 지금의 이 폭발적인 관심은 비단 그것 때문만은 아니었다.

그 이유는 최근 그가 '블랙로브'라는 의심스런 정황이 몇 군데 발견되었기 때문이었다.

특히나 혼자 활동한다는 점과 최근 그가 블랙로브와 비슷한 동선으로 움직였다는 사실이 여러 명의 증언으로 밝혀졌다.

그리고 무엇보다 나이트버드 2호 던전에서 그가 모든 사람들의 구출 이후에 혼자서 던전을 빠져나온 모습이 방송 카메라에 잡혔기 때문이었다.

그 때문에 그의 인지도가 급속하게 올라가고 있었는데, 그가 제로그룹의 막내아들이라는 사실까지 알려지게 되자 덩달아 제로그룹 계열사들의 주식까지 급등하는 일이 발생했다.

"너, 설마 블랙로브였냐?"

제로그룹 계열사 호텔의 최고급 레스토랑.

35층, 전망이 가장 좋은 자리에 앉아 식사를 하고 있던 공지훈의 앞에 30대 후반의 사내가 자리를 잡으며 물었다.

하지만 공지훈은 한 손으로는 고기를 입에 집어넣고 다른 한 손으로는 휴대폰을 만지작거릴 뿐, 머리를 들지도 않고 한심하다는 투로 말했다.

"아니거든. 내가 귀찮게 주목받을 짓을 왜 해?"

공지훈의 말에 피식 웃는 사내.

그는 공지훈의 형인 공정훈이었으며 현 제로그룹의 회장이었다.

최근 차세대 한국을 이끌어 갈 10인의 리더 중 한 명으로 가장 주목을 받고 있는 그였다.

그들의 아버지 공경남으로부터 몇 년 전에 회사를 이어받은 후에 제로그룹을 더욱 성장시켜 현재는 한국의 재계 순위 10위권에 진입시킨 일등공신이기도 했다.

"그렇긴 하지. 그런데 왜 네가 아니라고 적극적으로 대응 안 해? 귀찮은 거 싫어하면서."

조금 의아하다는 표정으로 공정훈이 물었다.

그러나 공지훈은 그저 어깨를 한번 으쓱해 보일 뿐이었다.

"회사에겐 좋은 거 아니야?"

"하하 그야 그렇지. 네가 블랙로브라는 소문 때문에 회사가치가 엄청 올랐거든. 네 덕 이번에 톡톡히 봤다."

"고마우면 됐어."

"선물 뭐가 필요해? 네 덕을 봤으니 뭐라도 해줘야겠는데 말이야. 이 호텔은 어때? 경영해 볼래?"

"됐어. 귀찮아."

잔뜩 귀찮은 표정으로 얼굴을 찡그리자 공정훈이 머리를 젖히며 웃었다.

"하하하 그렇겠지. 그런데 너 정말 블랙로브와 어떤 사이지?"

"……?"

갑작스런 형의 말에 입으로 가져가던 포크가 멈칫했다.

자연스럽게 물어보는 말이었지만 이미 공지훈이 블랙로브와 깊은 관련이 있다고 확신하는 말투였다.

하지만 공지훈은 잠깐 형의 눈치를 살핀 후에 여전히 얼어붙은 모습으로 되묻는다.

"뜬금없이 그건 왜 물어?"

공지훈이 굳은 표정으로 고개를 들어 공정훈을 바라보았다.

그 모습에 전혀 대답할 의사가 없음을 느낀 공정훈이 슬쩍 미소를 지으며 말했다.

"형을 속일 생각이라면 하지 마. 내가 너 하루 이틀 본 것도 아니고. 네가 회사 이익주자고 귀찮은 걸 참아낼 녀석이 아니라는 것 정도는 잘 알고 있어. 뭔가 이유가 있어서 네가 블랙로브의 역할을 하고 있는 거지?"

"……."

"아무튼 네가 어떤 식으로든 그와 연관이 있다니 나로서도 회사로서도 고마운 일이지. 아무튼 필요한 거 있으면 언제든지 이야기해라. 어지간한 거라면 형이 해결해 줄 테니."

"고마워. 그런데 나 밥 먹어야 돼."

"아, 그래. 귀찮게 해서 미안. 그럼 형은 간다."

"그래."

공정훈이 자리에서 일어서자 근처에서 대기 중이던 비서가 그에게 다가왔고, 주변에 있던 직원들이 그에게 인사를 했다.

그가 나가는 모습을 슬쩍 돌아보다 다시 고기를 입에 넣던 공지훈이 결국 포크를 내려놓았다.

"으이그, 눈치 하나는. 젠장."

어릴 적부터 늘 제멋대로인 공지훈을 늘 이해해주고 편들어주던 이해심 많은 형이다.

그만큼 그에 대해서는 거의 모르는 게 없으니 상황을 정확히 꿰뚫어보는 것도 어쩌면 당연한 일이었다.

하지만 공지훈은 유정상에게 좋은 동료가 되어주겠다고 약속했다.

그래서 언론이나 인터넷에서 자신을 블랙로브라고 주장하며 엄청난 관심을 가져도 별다른 대응을 하지 않고 있었던 것이다.

왜냐하면 유정상은 스스로 자신을 드러내고 싶어 하지 않는다고 생각했기 때문이었다.

오죽하면 블랙로브를 쓰고 신분을 숨겼겠는가?

물론 자신처럼 남의 일에 아예 무관심한 녀석은 아니지만 그렇다고 드러내고 싶어 하는 타입도 아니기 때문이다.

"그래도 한 번 물어봐야 하는 게 아닐까?"

혹시라도 자신이 지레짐작한 일이라면 곤란한 일이었다.

유정상의 날선 시선을 떠올리며 한기를 느끼는지 잠시 몸을 부르르 떨었다.

✣ ❖ ✣

"아우 귀 간지러워."

그렇게 잠시 귀를 후버적거리던 유정상이 다시 식사를 시작했다. 유정상의 손앞에는 맛있게 비벼진 비빔밥이 놓여 있었고 그 옆으로는 정갈한 반찬과 시원해 보이는 콩나물국도 있다.

제법 손님이 많은 식당의 안이었던 것이다.

"쩝. 쩝."

[미션생성.]

[포탈이 작동하면 진입하라.]

모처럼 느긋한 기분으로 평소 좋아하던 비빔밥 가게 '카우보이 비빔밥'에 들러 식사를 하는데 커서가 머리에서 뽑혀나가며 부르르 떨고는 미션을 하달했다.

"켁켁. 젠장, 이러다 소화불량 되겠다."

갑작스러운 상황에 유정상은 깜짝 놀라며 혼잣말을 중얼거렸다.

하지만 당장 진입하라는 재촉도 없었으니 굳이 서둘러야 할 이유는 없었다.

그 때문에 미션을 확인만 한 다음에 다시 어깨를 으쓱하고는 마저 식사를 했다.

그런데 그때 전화벨이 울렸다.

핸드폰의 화면에는 '맛돌이'라고 쓰여 있다.

자칭 미식가라 떠들며 맛에 빠져 있는 돌멩이 술사를 줄여서 쓴 것이다.

"무슨 일이냐. 방지훈."

–공지훈이라니까! 공지훈! 공. 공. 공. 좀 외워라! 아니 핸드폰에는 뭐라고 저장했기에 내 이름도 하나 제대로 못 외우는 거냐?

"공이든 빵이든 무슨 일이냐니까?"

–크음. 뭐 한 가지 물어볼게 있어서.

조금 긴장한 듯 느껴지는 음성.

'우리가 뭔가 긴장하면서 물어볼 만한 것이 있는 사이였던가?' 하는 생각을 하며 유정상은 조금 떨떠름한 표정으로 물었다.

"뭔데?"

-혹시, 요즘 사람들이 날 너로 착각하고 있는 건 알고 있나?

"그게 왜?"

그런데 유정상의 무덤덤한 반응에 뭔가 기분이 좋은 듯이 공지훈의 목소리가 밝아졌다.

-그렇지? 너도 내가 너로 오인받는 게 차라리 좋은 거지?

"하고 싶은 말이 그거냐?"

-하하하. 그래. 뭐 나는 또 널 위해서 조용히 있었던 건데 문득 네가 혹시라도 그것 때문에 화를 내지 않을까 싶어서 말이야.

"이런, 별……. 나 지금 밥 먹고 있으니까 별달리 할 이야기 없으면 끊어."

-밥?

먹는 이야기에 곧바로 반응하는 공지훈의 모습에 어이가 없다는 표정을 지었다.

"네가 생각하는 종류가 아니니까 호들갑 떨지 마. 그리고 전에 냄비도 줬잖아."

-아, 맞다. 네가 얘기하니까 생각난 건데, 밖에서는 그거 맛이 제대로 안 나더라고.

"그래?"

유정상이 던전 밖에서 냠냠플레이어의 냄비를 사용해 본 일이 없었으니 그런 사실은 알지 못했다.

어차피 처음부터 독성이 있는 몬스터의 고기를 요리하는 과정을 통해 먹을 수 있도록 만들어주는 아이템인데 그걸로 던전의 밖에서 음식을 해먹겠다는 생각을 하는 것 자체가 좀 이상한 일이기는 했다.

–그럼 던전에 고기를 가져가 구워먹으면 될까?

"그러던가?"

시큰둥한 유정상의 반응에 살짝 당황한 공지훈이 조금 다급한 음성이 되어서 다시 물었다.

–그런데 전에 먹었던 고기가 뭐였어?

"도마뱀."

–도, 도마뱀?

순간 뜨악 하는 표정이 되어버린 공지훈.

지금 유정상이 이야기하는 도마뱀이 그냥 일반적인 도마뱀이 아니라는 것을 느낀 것이다.

–설마, 던전에서 잡은 몬스터라고?

"그래."

–던전 몬스터엔 독성이 있는 거 아니었어?

"너 지금 멀쩡하지?"

–그야. 뭐. 그렇지.

"그럼 뭐가 문제야?"

하지만 그럼에도 공지훈은 황당한 표정을 지울 수가

없었다. 던전의 몬스터는 누구도 식용으로 사용할 생각을 하지 않는다.

그런데도 불구하고 자신이 엄청나게 맛있게 먹었던 그 고기가 바로 던전에서 잡은 도마뱀 몬스터 고기였단다.

공지훈은 이 상황을 어떻게 받아들여야 할지 선뜻 판단이 서지 않았던 것이다.

여전히 혼란스러웠던 그는 다시 조심스러운 목소리로 물었다.

-넌 그거 많이 먹었겠지?

"던전에 있다가 배고프면."

-이상은 없고?

"젠장, 나 지금 밥 먹어야 된다고!"

계속 같은 질문에 살짝 짜증이 난 유정상이 버럭 소리치자 화들짝 놀란 공지훈이 서둘러 이야기를 마무리했다.

-아, 알았어. 미안. 다음에 연락할게. 밥 맛있게 먹어.

뚝.

"거 자식. 싱겁긴."

그래도 공지훈 덕분에 귀찮은 일은 벗어나 다행이라는 생각에 구형 냄비 하나 값은 톡톡히 하고 있다는 사실을 떠올리며 만족스러운 표정으로 비빔밥을 마저 먹었다.

✣ ❖ ✣

마테오 3호 던전.

플레임 길드의 길드원들은 생각지도 못한 언데드들의 대규모 공세에 팀원들의 1/3이 죽거나 전투불능 상태에 빠지고 말았다.

500여 마리의 스켈레톤 병사와 100마리 정도의 좀비, 그리고 군데군데 섞여 있는 20여 마리의 구울까지 도합 600마리가 훨씬 넘는 대군을 마주한 헌터들은 압도적인 숫자에 순식간에 밀려 버렸던 것이다.

그나마 헌터들 중 6급 이상은 위급한 상황에서도 어느 정도 놈들을 상대할 수 있었지만 전력의 대부분을 차지하고 있는 7급의 헌터들은 맥을 못 추며 속절없이 당하고 있었다.

6급 헌터 하나는 2마리에서 3마리 정도의 스켈레톤 병사를 한꺼번에 감당할 수 있지만 7급은 한 마리도 당해낼 수 없기 때문이었다.

그런 상황에서 전체적인 숫자가 다섯 배를 넘어 버리자 완전히 밀리는 상황이 되어 전투 자체가 무의미할 정도가 되어 버렸다.

그래도 처음 던전에 진입하고 진지를 구축할 때까지는 제법 순조로웠다.

6성급 던전이라 만만할리는 없지만 일단 투입된 숫자가

많았기 때문에 스켈레톤 병사 10여 마리 안팎의 출현 따위야 금방 정리되었고 구울도 기껏해야 3마리 정도 짝을 지어 출현하는 터라 싸움이 그리 어렵지는 않았다.

특히 원거리 공격에 특화된 5명의 6급 헌터들은 화염볼이라는 불덩이를 쏘는 파이어건까지 소지하고 있었기에 상당히 여유로웠다.

파이어건은 바주카포를 소형화시킨 형태를 하고 있는 일종의 총으로 한 번 사용할 때마다 마나의 소모가 너무 커서 6급 이상의 각성자가 아니면 사용이 불가능한 아주 값비싼 아티팩트였다.

파이어건은 6급 각성자 기준으로 장전에서 발사까지 거의 1초가 넘게 걸리는 단발형 공격 무기이며 최대 충전은 5발까지 가능했다.

5발을 다 쏘고 나면 한 발을 충전할 때마다 다시 10여 초가 걸리는 다소 번거로운 무기지만 강력한 폭발을 일으키는 화염볼을 발사할 수 있기에 그 효과만큼은 탁월해 원거리 무기로 많이 사용되고 있었다.

소수로 나타나는 녀석들은 이 파이어건에 의해 대부분 약화되었고 추가적인 원거리 공격 무기인 볼트나 화살에 의해 마무리 되었기에 순조로운 출발을 보이고 있었다

그런데 광산 근처로 다가갈수록 음산한 분위기가 되었고 주변도 암흑의 안개에 뒤덮여 있어 다소 불안감을 주고 있었다.

하지만 스트로늄을 얻을 생각에 들떠 있던 리더 강호섭은 그런 분위기를 무시하고 별일 있겠냐싶은 생각으로 그대로 전진했다.

그때 자신의 감각을 믿기 보다는 이성적으로 정찰을 먼저 시도했더라면, 이정도로 황당한 상황에 처하지는 않았을 지도 몰랐다.

그 사소한 실수 하나 때문에 퇴로까지 대부분 막혀버린 상태로 몬스터 대군을 마주하게 된 것이다.

"빨리 후퇴해!"

"끄아악!"

"아악!"

5급의 강호섭이 불길을 일으키는 검으로 단번에 두 마리의 좀비 머리통을 부숴 버리고는 빠르게 이동하며 최선을 다해 팀원들을 도왔지만 그 한 명의 힘으로 전세를 뒤집기에는 역부족이었다. 그도 그럴 것이 사방에서 밀려들어 오는 언데드의 숫자가 너무 많았기 때문이다.

그때 문득 강호섭은 오는 길에 잠깐 살펴보았던 언덕배기 위쪽의 동굴이 떠올랐다.

이동 중 발견한 곳으로 숨어 있는 몬스터가 없나 살펴본 곳이었지만 생각해 보니 지금의 상황에서는 긴급 도피처로 적당할 것 같았다.

"아까 발견했던 동굴 쪽으로 빨리 이동해!"

강호섭이 소리치자 팀원들은 방어진형을 구축하며 빠르게

그쪽으로 이동했다.

동굴이 있는 곳으로 가니 동굴은 바위로 이루어진 가파른 언덕을 올라 지상에서 대략 6미터 가량 높은 곳에 위치해 있는 탓에 방어하기가 용이했다.

살아남은 이들은 모두 무사히 그곳으로 들어간 뒤 입구 쪽에 큰 나무와 바위로 언데드들의 진입을 막고 방어에 들어갔다.

한동안 무작정 달려드는 언데드들의 거친 공격이 이어지긴 했지만 언덕을 오르기가 어려운데다가 방어가 워낙 탄탄해 비교적 쉽게 방어해 낼 수 있었고 거친 공격이 별 효과가 없자 언데드들도 곧 물러나기 시작했다.

그나마 구울 정도가 거칠게 공격했지만 6급 헌터들의 방어를 뚫지 못하고 죽어 나갔다.

어쨌든 놈들의 공격이 멈추자 한숨 돌린 플레임 길드원들은 모두 지쳐 쓰러져 버렸다.

그리고 일단 목적은 뒤로 미루고 안전하게 빠져나갈 방법을 궁리하게 되었다.

하지만 귀환석을 가지고 있던 몇 명의 팀원들이 놈들의 공격에 희생됐고, 급하게 후퇴하느라 그것을 챙기지 못한 사실을 알게 된 후에는 모두가 절망에 빠져 버렸다.

누군가 밖으로 나가 귀환석을 구해오든가 아니면 구조대를 기다릴 수밖에 없지만, 바깥에서 구조대가 오는 건 최소 3일이 지나야 가능하다.

또한 3일이 지난 후에도 구조대가 바로 온다는 보장도 없었다.

최소한 누군가 던전을 빠져 나가서 이곳의 소식이라도 전하지 않는 이상 구조대가 만들어질 가능성은 낮았기 때문이다.

하지만, 동굴에 갇혀 있는 상태에서 귀환석도 없이 밖으로 나가는 건 거의 불가능에 가깝다.

당장 동굴 밖을 봐도 사방에 깔려 있는 수백의 언데드들을 무슨 수로 뚫고 나간다는 말인가?

"내가 귀환석을 구해서 돌아오던가 아니면 최소한 밖으로 나가 구조대라도 불러오겠다."

강호섭의 말에 측근들인 6급 헌터들이 경악했다.

"위험합니다. 무슨 수로 저 많은 녀석들을 뚫고 나간다는 말씀이십니까?"

"맞습니다. 아무리 대장님이라도 너무 위험합니다."

하지만 그들의 말에도 강호섭은 요지부동이었다. 그는 지금의 상황에 엄청난 책임감을 느끼고 있었기에 목숨을 걸어서라도 이들을 구해야 한다고 생각하고 있었던 것이다.

"아니, 나가야만 한다. 안 그러면 모두 죽을지도 모른다."

"그럼. 저희들도 따라가겠습니다."

"방어의 주축인 너희들이 빠지면 이곳을 지키지 못한다.

그럼 남은 길드원들은 모두 죽고 말아. 그러니 나 혼자 가겠다. 너희들에게는 구조대가 올 때까지의 방어를 부탁하지."

"차라리 그냥 구조대를 기다리는 게 어떻겠습니까?"

"누가 이곳까지 들어온다는 거냐? 저 엄청난 규모의 언데드들을 물리치고 모두 구하려면 처음부터 많은 숫자를 구성해 들어와야 해. 그것이 가능하기 위해선 길드 연합에 지원을 요청해야만 한다. 최소 6급 헌터가 300명 이상은 있어야 가능한 전투야."

그의 말에 모두 입을 다물고 말았다.

강호섭의 말대로 저 엄청난 언데드의 숫자를 보면 그 정도는 되어야 싸움에서 압도할 수 있다. 물론 이것도 언데드가 더 있을 경우엔 상황이 달라질 수도 있다.

"모두 방어에 최선을 다해주기 바란다."

"대장님."

✣ ❖ ✣

집에 돌아온 유정상이 방으로 들어갔지만 포탈의 복잡한 그림이 작동하지 않고 있었다.

생각해보니 포탈이 생성된 곳이 드레이크의 레어다.

그렇다는 건 녀석의 레어에 만들어 놓았다는 것이고 놈이 집을 비워야만 이것이 작동한다는 이야기 일지도 모른다.

"하긴 놈이 레어에 있을 때 들어가면 순식간에 통구이가 되어 버리겠지."

적의 본진에서 싸워야 한다는 생각에 조금 부담이 되기도 했지만 일단 커서 방패의 도움이 있었으니 어떻게든 될 거라 생각했다.

"놈을 죽이는 건 쉽지 않을 것 같은데."

그렇게 중얼거리는데 그때 포탈의 그림에서 빛이 나더니 곧바로 포탈이 방문 앞에 만들어졌다.

잠시 그것을 바라보던 유정상이 굳은 결심을 하고는 그곳에 발을 들였다.

포탈을 통과하자마자 유정상의 옷이 블랙로브로 뒤바뀐다. 그리고 드레이크의 레어가 눈에 들어왔다.

"삐이이!"

"왔나. 주인?"

역시 이곳으로 오자마자 두 녀석이 모습을 드러내며 유정상에게 인사했다.

그런데 주코는 반갑게 인사하는 백정과 달리 불만스런 모습이다.

"뭔가 불만이라도 있는 거냐?"

유정상이 게슴츠레한 눈으로 바라보며 말했다.

그러자 그 말에 살짝 흠칫하던 주코가 손을 휘젓는다.

"그런 건 아니다. 주인이 착각하는 거다."

"그래?"

"다, 당연하다. 카카카."

잠시 녀석을 바라보던 유정상이 곧 시선을 돌리자 주코가 살았다는 듯 한숨을 쉬었다.

"휴."

유정상이 동굴 속 드레이크 레어를 둘러보았다.

"몬스터의 둥지치고는 깔끔하네."

드레이크는 자신의 레어를 깔끔하게 늘 치워둔다는 이야기를 얼핏 들은 기억이 났는데 확실히 생각이상으로 둥지를 깨끗하게 관리하는 몬스터였다.

먹고 난 먹이의 뼈들이야 아래로 떨어뜨리면 되었을 테니 아래 어딘가에는 뼈들이 잔뜩 쌓여 있을 것이다.

'녀석에겐 쓰레기겠지만 내겐 돈이지. 그것도 엄청난 금액.'

피식 웃는데 커서가 부르르 떤다.

[미션]

[드레이크를 소환수로 만들어라.]

[던전의 폭군 드레이크를 소환수화 시켜 던전 레벨을 안정화 시켜라.]

[던전의 레벨을 벗어난 드레이크의 존재로 인해 던전 몬스터들의 활동이 위축되고 있다.]

[미션을 해결하지 못할시 6레벨의 손실과 함께 5만 골드가 사라진다.]

[미션 수행까지 남은 시간 2시간.]

[미션을 수행할 아이템이 주어집니다.]

인벤토리에 붉은색의 인장하나가 생성되었다.

[교감의 인장(1회용)]

[상대를 굴복시킨 뒤 대상의 머리에 찍고 마나를 주입시키면 소환수가 된다.]

[단, 인장은 손으로 찍어야 하며, 교감의 과정을 거쳐야 한다.]

[대상과 교감이 이뤄지면 든든한 아군이 되어줄 것이다.]

"젠장, 이게 미션이야. 미친 짓이야?"

그냥 죽여 버리기에도 벅찬 놈을 무슨 수로 소환수를 만들라는 것인가? 거기다가 손으로 직접 인장을 찍으라니 그럼 놈과 접촉을 해야 한다는 뜻이 아닌가?

"이거 날 죽이려는 미션 아니야?"

그동안 믿었던 커서의 음모가 아닐까 싶은 생각이 들 정도였다.

"맞다. 주인. 이건 음모다!"

"삐이이이."

"음모 맞다니까!"

"삐이이이."

"췟, 꽉 막힌 녀석."

두 녀석이 투닥거리는 것에는 관심을 주지 않고 미션의 내용을 되새김질하며 몸을 흠칫 떨었다.

드레이크 곁에 가는 건 소름끼치는 일이지만 그렇다고 패널티를 감당할 수는 없는 일이다. 그리고 이젠 돈보다 레벨 하락이 더 무섭게 느껴지기 때문에 미션을 받지 않을 수도 없다.

커서로 인벤토리에서 교감의 인장을 꺼냈다.

그리고 그것을 손에 쥐자 오른손에 흡수된다.

손바닥에 하얀빛이 어리다 곧 서서히 사라진다.

잠시 아무 말 없이 손바닥을 내려다보고 있는데 드레이크 레이더에서 경고음이 울렸다.

삐삐삐삐.

그 소리에 정신이 번쩍 들었다.

'젠장 마음의 준비도 끝나지 않았는데.'

"뭐야? 드레이크가 나타난 거야? 젠장! 젠장! 우린 이렇게 불에 태워지고 말거야!"

"삐이이!"

소환수 두 녀석들이 호들갑을 떨더니 곧바로 레어 실내의 기둥에 몸을 숨겼다.

유정상도 전신이 긴장으로 위축되는 기분이었다.

사실 이런 상황에서는 준비를 얼마나 한들 마찬가지일 테지만 어쨌든 갑작스런 상황에 조금 당황했다. 그리고 곧 드레이크가 유정상이 있는 레어 쪽으로 거대한 날개를 퍼덕거리며 날아오는 모습이 눈에 들어왔다.

그런데 놈이 근처까지 와서는 갑자기 허공에서 멈춘다.

"크와아아아아!"

놈이 유정상의 기척을 느끼고는 포효했다.

그러나 자신의 둥지에 화염의 브레스를 쏠 생각은 없었던 것인지 한참 동안 거리를 두고 퍼덕거리다 자신의 레어에 들어섰다.

놈이 입안에 불길을 머금은 채 유정상이 서 있는 곳으로 다가오며 위협하기 시작했다.

그러자 커서가 빛을 뿜으며 단번에 방패로 변하고는 녀석 앞을 막아선다.

"크아아아!"

소리를 질러도 꿈쩍하지 않는 방패를 보며 더욱 흥분했다. 이미 자신의 모든 공격을 막아낸 걸 기억하는지 포효만 할 뿐 어떻게 하지 못하는 상황이었다.

아마도 놈에겐 이 방패가 악몽이나 마찬가지였을 것이다.

유정상이 그런 녀석을 향해 걸어가자 방패에서 시선을 거둔 드레이크가 유정상을 바라보더니 곧바로 입안에 있던 불을 뿜으려했다.

그러자 곧바로 다시 방패가 막아서자 주춤하는 드레이크.

그때 유정상이 보조 커서를 이용해 놈의 상태를 확인했다.

[이름: 드레이크]

[레벨: 30]

[공격력: 1350]

[방어력: 1250]

[생명력: 8900/8900]

[힘: 510]

[민첩: 58]

[체력: 690]

[지능: 10]

'레벨이 30이라고? 거기다 저 무식한 수치들은 도대체…….'

상태창을 확인하며 유정상은 입을 다물지 못했다.

유정상 본인의 레벨은 현재 22.

커서 방패가 아니라면 진작 녀석의 브레스에 통구이가 되거나 사지가 놈의 이빨에 찢어졌을 것이다.

유정상이 빠르게 무차이의 보법을 시전하며 빠르게 달려 놈에게 접근했다. 그러자 녀석이 유정상에게 꼬리를 휘둘렀다. 그러나 그 찰나의 순간 커서 방패가 놈의 꼬리 공격을 막아 버렸다.

터엉!

그것을 확인한 유정상이 빠르게 달려들며 놈의 옆구리에 주먹을 날렸다.

퍼엉!

"크아아!"

놈이 충격을 받는 것처럼 보였지만 별다른 타격이 전해지지는 않았다.

퍼엉! 퍼엉!

주먹을 몇 번 더 날려 보았지만 화만 돋울 뿐이었다.

놈이 흥분하며 다시 꼬리를 휘둘렀지만 그것 역시도 커서 방패가 막아내 버렸다.

"크아아아아!"

완벽한 디펜스에 드레이크는 말 그대로 꼭지가 돌 것 같았다.

놈에게 커서 방패는 그야말로 넘지 못할 절대적인 벽과도 같은 상황이었으니 당연한 일이었다.

하지만 유정상도 난감하기는 마찬가지.

자신의 주먹공격이 크게 데미지를 주지 못하고 있으니 당연한 일이었다.

이젠 공격 방법을 바꿔야 한다는 생각을 했다. 그래서 곧바로 장착 아이템 창을 열어 우타슈의 마검을 손에 장착했다. 그러자 오른손에 있던 반지가 사라지며 그 대신 검은색의 날이 선 마검이 손에 쥐어졌다.

[공격력: 152+580(우타슈의 마검)]

공격력이 250이나 상승했다.

우타슈의 검술을 익히긴 했지만 익숙한 주먹을 사용하는 게 편해 미뤄두고 있었지만 지금으로서는 다른 방법이 없었다.

커서는 방패가 되었기 때문에 검을 날리는 건 불가능하다. 보조 커서로 무기를 사용하는 건 불가능하기 때문이다.

때문에 검을 사용하려면 할 수 없이 검술을 사용하는 방법밖에 없다.

물론 이네크의 주먹처럼 원거리 공격은 불가능하지만 공격력이 올랐으니 이 정도는 감수해야만 할 일이다.

놈의 모든 공격을 막아내는 방패를 믿고 빠르게 무차이 보법을 시전하며 접근, 그리고 우타슈의 검술을 이용해 놈의 몸통을 베었다.

콰아앙!

강력한 비늘이라 조금 손상이 되었을 뿐 멀쩡했다. 하지만 그 충격만은 결코 만만치 않았던지 놈이 비명을 질렀다.

"크아아아아아!"

하지만 유정상의 손에 전해지는 놈의 강철 같은 아니 그보다 월등한 피부의 강도에 손이 저릿저릿 해왔다.

'이런 식으로는 곤란한데.'

그렇게 생각하는 사이 유정상이 들고 있던 우타슈의

마검에 빛이 어린다.

"어? 뭐야?"

곧바로 주코의 말이 들려왔다.

"주인. 검에 오러를 가미했다."

유정상으로서는 오러라는 말을 정확히 이해를 하고 있지는 않았지만 그것을 고민하는 대신 곧바로 공격에 들어갔다.

물론 검에 어린 빛이 예사롭지 않다는 것 정도는 인식하고 있었다.

푸샥.

그런데 놀랍게도 놈의 강력한 비늘이 유정상의 검에 의해 갈라지더니 피가 튀었다.

그리고 손에 느껴지는 검의 쾌감에 전율이 일었다.

'굉장하다.'

유정상이 순간 감탄했다.

"크아아아아!"

그와 반대로 검에 상처를 입은 놈이 고통에 펄떡거리며 소리를 지르더니 곧바로 뒤로 물러섰다. 그러더니 곧이어 입에서 브레스를 난사했다.

콰아아아아.

뒷다리 허벅지에 커다란 검상이 생기자 눈이 뒤집혀 자신의 레어란 사실을 망각하고는 건방지고 귀찮은 인간을 죽여야겠다는 생각밖에 없었던 것이다.

하기야 레어고 나발이고 목숨보다 중요할 수는 없는 일 아닌가?

하지만 이번에도 놈의 화염 브레스는 커서 방패에 의해 깔끔하게 차단되었다.

그 때문에 더 분통이 터진 드레이크가 더 날뛰며 브레스를 사방으로 난사했다. 그러나 커서 방패는 그저 유정상의 신체만을 보호할 뿐이었다.

덕분에 레어는 화염 브레스에 의해 벽이고 기둥이고 녹아내렸다.

"삐이이이!"

"우와아아악. 뜨거!"

그 때문에 주변에 숨어 있던 백정과 주코도 사방에 뿌려지는 불길에 놀라 비명을 지르며 서둘러 유정상의 뒤에 자리 잡고는 그를 따라 움직였다.

이 레어 속에서 그나마 가장 안전한 장소가 유정상의 근처라는 걸 알아차린 것이다.

하지만 유정상은 자리에 가만히 있지 않고 적극적으로 드레이크 쪽으로 접근하자 덕분에 바빠진 건 두 소환수들이었다.

어쨌든 유정상이 오러가 맺힌 마검을 거칠게 휘두르며 놈의 몸에 조금씩 검상을 만들어 냈다.

"크와아아아아!"

휘이이익.

쾅!

놈이 고통에 몸부림치며 꼬리로 공격했지만 방패에 막혀 버린다.

이젠 안 되겠다 싶었는지 꼬리를 이용해 천장을 때려버리자 그 충격으로 인해 위에서 바위들이 떨어져 내렸다.

그 때문에 순간적으로 방패가 유정상을 보호하기 위해 위쪽으로 이동해 버렸다. 이때다 싶었는지 드레이크가 화염 브레스를 유정상에게 발사했다.

'젠장!'

그 찰나의 순간 군주 포인트를 사용하겠다는 의지를 발현하자 늘보의 문신이 발동, 주변의 움직임이 서서히 느려지기 시작했다. 그리고 곧바로 메시지가 떴다.

[총 군주 포인트는 290점입니다.]

[군주 포인트를 모두 사용하시겠습니까?]

하루가 지난 탓인지 군주 포인트는 모두 가득 차 있었다.

"모두! 트롤로!"

[트롤은 4점의 포인트를 소모합니다.]

[72마리의 트롤이 소환되며 남은 포인트는 2점입니다.]

유정상의 말과 동시에 290점의 군주 포인트가 빠르게 줄어들었다. 그리고 곧이어 트롤들이 유정상의 주위에 대규모로 나타났고 그와 동시에 느려졌던 시간이 원래의 속도를 찾았다.

트롤들이 삽시간에 뭉치며 위아래 할 거 없이 유정상을 에워싸 버렸다.

쿠아아아아아.

그 상태에서 놈의 화염 브레스가 엄청난 열기로 모두를 덮쳤다.

트롤들은 비명을 지를 새도 없이 별다른 저항도 해보지 못하고 순식간에 화염에 녹아내리기 시작했다. 그러나 트롤들이 주변을 겹겹이 쌓아준 덕분에 불길이 유정상의 앞까지 도달하지는 않았다.

그렇게 강력한 브레스가 한동안 발사되는 사이 위의 돌들을 막아낸 커서 방패가 다시 유정상의 앞을 가로막았다.

하지만 이미 대부분의 트롤들이 녹아내린 상태였다. 그러나 유정상은 소환수들 덕분에 별다른 부상을 입지는 않았다. 물론 몸이 화끈거리는 건 어쩔 수 없는 일이었다.

"크륵. 크륵."

그러나 과한 브레스의 사용 때문인지 드레이크가 기력이 빠져 이상한 소리를 내었다. 그때를 틈타 다시 유정상이 놈에게 달려들었다.

확실히 처음에 비해 드레이크의 움직임이 느려진 상태라 공격이 더 유용해졌다.

푸슉.

"크오오오오!"

마검이 놈의 다리에 박히자 비명을 지르더니 뒤뚱거리다 바닥에 쓰러졌다.

곧바로 유정상이 놈에게 달려들었다.

놈이 이빨을 드러내며 물어뜯으려 거칠게 저항해보지만 그래봐야 커서 방패에게 막힐 뿐이다.

그 사이 유정상이 다시금 놈의 전신에 검으로 상처를 내자 더욱 더 비명을 질렀다.

그리고 곧바로 놈의 머리 쪽으로 이동했고, 순식간에 교감의 인장이 스며든 오른손을 뻗어 놈의 이마에 바로 찍어버렸다.

콱!

손에서 뭔가 튀어나오더니 놈의 머리에 붉은 빛의 문양을 새긴다.

번쩍.

그 순간 날뛰던 놈의 움직임이 느려지더니 곧 눈동자의 색깔이 붉은 색에서 회색으로 바뀌었다.

그런데 유정상의 전신이 어디론가 빨려 들어가기 시작했다.

"우와!"

분명 드레이크의 이마에 교감의 인장을 찍었는데 갑자기 새로운 것이 눈앞에 펼쳐지며 암흑과도 같은 세상에 떨어져 내리는 황당한 상황이었다.

"으아악!"

비명을 지르던 유정상이 머릿속에 뭔가 스친다.

이것이 미션에서 말하던 상황이 아닌가 생각해 그냥 낙하에 몸을 맡겼다. 그러자 곧 떨어지던 것이 멈추고는 곧 주변이 하얗게 변해버렸다.

하얗고 끝이 보이지 않는 빛의 세계.

그리고 그 곳에서 나타난 거대한 불덩이.

정확하게는 드레이크 모양을 닮은 불길이었다.

유정상은 그 불길로 천천히 걸어갔고, 불길 속에서 눈동자가 생겨났다. 그리고 그것은 유정상을 지긋이 내려다보았다.

둘의 시선이 마주쳤지만, 서로는 아무 말도 없이 그저 바라볼 뿐이었다.

한참을 그렇게 서로의 시선만을 느끼고 있었는데 곧 불길의 눈동자가 유정상을 향해 고개를 숙인다.

[드레이크가 당신을 받아들였습니다.]

메시지가 나타나자 곧 시야가 다시 변하더니 현실로 돌아왔다.

그러자 교감의 인장을 드레이크 머리에 박던 순간의 상황으로 다시 돌아갔다.

그리고 곧 이어 녀석의 머리에서 손을 떼자 놈이 머리를 숙인 채로 가만히 있었다.

[미션완료.]

[드레이크와 교감이 이루어졌습니다.]

[던전의 무법자 드레이크를 소환수로 만들었습니다.]

[이곳 던전은 드레이크가 사라짐으로 인해 안정화가 될 것입니다.]

[보상으로 은신의 문신과 6만 골드, 그리고 광산 레이더가 주어집니다]

[레벨이 올랐습니다.]

[23레벨이 되었습니다.]

"은신의 문신?"

곧바로 커서로 확인해 본다.

[은신의 문신]

[2시간 동안 은신을 가능하게 해주는 문신]

[본인뿐만 아니라 다른 존재에게도 사용 가능하다.]

아마도 인장처럼 커서로 몸에 찍어 문신을 만드는 종류의 은신 아이템인 것 같았다.

그리고 광산 레이더.

[광산 레이더(초급)]

[각종 철광산이 있는 위치를 표시해준다.]

[현재로서는 최하급 금속 웨이브륨 광산만 감지가 가능하다.]

"웨이브륨?"

웨이브륨은 많이 보급되는 스트로늄에 비해서도 한 단계 아래의 철광석으로 더 흔하며 강도도 떨어지는 것이 사실이다. 하지만 그렇다고 해도 가치는 스트로늄의 1/3정도 되니 결코 무시할 만한 녀석은 아니다.

거기다 아무리 던전 철광석 중 가치가 낮은 녀석이라도 기본적으로 던전에서 나는 철광석이 저렴할 리가 없는 것이다.

미래에서도 웨이브륨의 가격은 만만치 않았으니까.

아무튼 웨이브륨 광산을 찾을 수 있는 광산 레이더까지 생기니 이젠 더 놀랄 것도 없을 것 같았다.

문득 커서의 진짜 목적이 무엇일까 하는 생각이 유정상의 머리에 스쳤다.

커서 주제에 무슨 목적?

이라고 생각할 수도 있지만 이제까지의 미션들을 겪으며 생긴 의문이었다.

뭔가 다음 미션을 위한 준비들을 차곡차곡 실행해 왔고 어떤 목적을 위해 나아간다는 느낌을 지울 수가 없었다.

그런 생각에 골똘히 잠겨있는데 드레이크가 머리를 쳐들고는 유정상에게 시선을 맞춘다.

녀석의 모습에 정신이 번쩍 든 유정상이 피식 웃었다.

'그래. 아무려면 어떤가? 애초에 이룬 것도 없었던 쓰레기 같은 인생을 이렇게까지 바꿔주었는데.'

그렇게 생각하며 생각을 털어버렸다.

"대단하다. 주인. 설마 성공할지 몰랐다."

주코가 호들갑을 떨며 유정상을 향해 뛰어왔고, 백정도 삐삐거리며 좋아라한다.

"역시 실패할거라 생각했구나."

"헉! 저, 절대 아니다."

"아니긴 뭐가 아니야!"

한바탕 주코와 푸닥거리를 하는데 드레이크가 고통스러워하는 것이 느껴진다.

고개를 돌려 드레이크의 전신을 살폈다.

온몸에 제법 큰 상처가 많이 생겨 있었다.

아까는 적으로서 상대했으니 당연한 일이었지만 드레이크의 복종을 받고 보니 자신이 좀 너무했던 건 아닌가 싶기도 했다.

'하긴, 그러지 않았다면 싸움을 마무리 짓지 못했겠지만.'

머리를 벅벅 긁은 유정상이 인벤토리를 열어 클린볼을 꺼내고는 드레이크에게 떨어뜨렸다.

팟.

하지만 어쩐 일인지 별 변화가 없다.

"엇, 무슨 일이지?"

미간을 잔뜩 좁히며 인상을 썼다.

클린볼이 이런 식으로 아무런 효과를 내지 못하는 건 처음이었기 때문이다.

"쯧쯧. 그딴 걸로 되겠어?"

주코가 뭔가를 알고 있는지 조그마한 몸의 허리에 손을 올리고는 잔뜩 허세를 피운다.

"왜 이런지 넌 알고 있냐?"

"당연하지."

"그럼 설명해봐."

"크음, 역시 주인에게는 내가……."

"딴소리 그만하고 설명이나 빨리 하시지."

"칫."

유정상의 독촉에 거들먹거리던 주코가 입을 삐죽 내밀고는 들리지 않는 소리로 투덜거리더니 할 수 없다는 듯 이야기를 시작했다.

"드레이크 같은 고위급 몬스터에게 자잘한 하급 아이템으로 치료하는 건 불가능하다고."

"그럼?"

"레벨에 맞는 중상급 이상의 아이템을 사용하던가, 아니면 이거지."

그렇게 말하며 주코가 손을 뻗으며 눈을 빛냈다.

팟.

드레이크의 몸이 살짝 빛에 쌓이는가 싶더니 곧바로 전신의 상처들이 아물기 시작했다.

"오."

유정상이 감탄하는 동안 드레이크의 전신에 있던 상처가 모두 아물기 시작했다.

그리고 커서를 가져가 생명력을 확인하고 모두 풀로 차자 만족한 얼굴로 고개를 끄덕였다.

"좋네. 좋아. 아주 좋아."

"어떠냐? 주인."

"쓸 만한 녀석이네. 마음에 들어."

"카카카. 내가 보통 이 정도다."

"그래. 능력 있다."

"카카카. 솔직히 내가 제대로 힘을 찾으면 말이지……."

"1절만 하지?"

"……."

유정상의 말에 이야기가 단칼에 잘려버리자 주둥이가

다시 삐죽 튀어나왔다.

그런 모습이야 어쨌든 유정상은 드레이크에게 다가가자 녀석이 머리를 숙여온다.

붉은 눈동자에 파충류과 특유의 일자 눈동자가 유정상을 바라보며 목에선 그렁그렁하는 소리를 냈다.

어쩐지 놈의 마음이 전해지는 느낌이랄까?

그런데 그때 뭔가 떠올랐다.

"아. 참."

그러고 보니 잊어먹고 있던 것이 있었다.

"어이, 주코!"

"어? 왜…… 왜?"

녀석이 불안한 듯 움찔거렸다.

유정상이 좋은 일로 부를 리가 없다는 걸 본능적으로 안 것이다.

"거기 가만히 서 있어봐."

"왜, 왜 그래?"

"씁!"

"……."

곧 커서를 주코에게 가져가자 녀석의 불안한 붉은 빛의 눈동자가 커서를 향해 움직인다. 자신에게 뭔 짓을 하려는 것인지 불안했던 것이다.

커서가 주코의 몸에 닿자 곧바로 유정상이 오른쪽 버튼을 생각하자 막대창이 생성된다.

[복사]

[삭제]

[복구]

세 개의 막대가 주르륵 생겨났다.

"뭐, 뭘 하려는 거냐?"

"가만 있어봐. 생각 좀 하고."

"서, 설마. 삭제를 하려는 건 아니겠지?"

역시 주코에게도 이 막대바가 보이고 있었다.

"글쎄. 어쩔까나?"

"꿀꺽."

유정상도 미치지 않은 다음에야 삭제 버튼을 클릭할리는 없을 것이다. 다만 복사라는 버튼에 호기심이 생겼을 뿐이었다.

긴장한 주코가 커서를 바라보며 눈을 데굴거렸다.

커서가 삭제 위를 지나자 주코가 눈에 띄게 당황했다.

"저, 거기"

하지만 주코의 반응이 재미있던 유정상은 잠시 동안 삭제자리에 커서를 가져다 놓았다.

식은땀을 줄줄 흘리는 주코.

그러나 곧 커서를 올려 '복사'를 클릭했다.

틱.

누르자마자 막대바가 사라졌다.

“……?”

“……?”

아무런 변화가 없자 고개를 갸웃거리다 잠시 머리를 긁적이던 유정상이 커서를 주코에게서 떼어냈다.

그리고 다시 오른쪽 버튼을 클릭했다.

[붙이기]

“얼레?”

정말 컴퓨터의 마우스와 비슷하다는 생각을 하며 ‘붙이기’ 라는 막대바를 다시 클릭했다.

팟!

곧바로 커서가 있던 장소에 또 다른 주코가 생성되었다.

그리고는 유정상의 마나에너지가 1/5정도 줄어들었다.

“오!”

놀랍게도 주코와 전혀 다르지 않다. 다만 유정상에게만 보이는 것인지 머리에 약간 다른 표식이 보인다.

주코가 황당하다는 제스처를 하더니 클론에게 다가가 그것을 살핀다.

클론 주코도 그런 주코의 행동을 보며 호기심을 보인다.

“이거 내 부하인가?”

주코가 클론을 가리키며 유정상에게 물었다.

“부하 같은 소리하고 있어.”

유정상이 없이 없다는 듯 대답하고는 가짜 주코를 들여다보았다. 그런데 녀석은 움직이기는 했지만 말을 못하는 것처럼 보였다.

커서를 가져가 확인해보니 그냥 [주코 가짜1]이라고만 적혀있다.

그래서 곧바로 다른 자리에 [붙이기] 버튼을 시전하자 다시 생성되는 가짜 주코.

다섯 마리째 만들자 마나가 거의 남지 않았다.

주코가 그것들을 바라보며 신기한지 이리저리 기웃거린다. 녀석들도 서로의 모습이 재밌는지 이리저리 분주하다.

"이거 재밌는 기능이네."

하지만 한편으로는 조금 번거롭다.

일일이 복사하며 붙이기를 클릭하자니 시간이 많이 걸린다는 단점이 있었다.

"여긴 단축키 없나?"

컴퓨터를 생각하며 무심코 한 말이었다.

그런데

[단축키 스킬을 익히시겠습니까?]

"어? 그런 스킬도 있어?"

[단축키 스킬을 익히시겠습니까?]

다시 한 번 더 묻자 유정상이 고개를 끄덕이고는 대답했다.

"그래."

[단축키 스킬을 익히셨습니다.]

[앞으론 왼쪽버튼이라고 생각하시면 바가 생성되고 곧바로 원하는 명령어를 떠올리면 실행이 됩니다.]

"이거 좋다. 좋아."

만족한 얼굴로 그렇게 말하고는 다시 [복구]라는 버튼을 확인해 보기로 했다.

하지만 아까와 달리 주코에게는 실행이 되지 않았다.

백정에게 해봐도 마찬가지였다.

"흐음. 생물에게는 되지 않는다는 뜻인가?"

그렇게 중얼거린 유정상이 레어 주변을 살폈다.

드레이크와 싸움으로 주변이 잔뜩 파괴되어 있는 모습이 눈에 들어왔다.

일단 가장 많이 부서져 내린 곳을 확인하고는 그곳에 커서를 가져갔다.

한쪽 기둥이 있던 곳인데 거친 싸움에 의해 반쯤 거덜이 난 상태였다.

그곳에 커서를 가져간 채로 오른쪽 버튼을 떠올리고 그와 동시에 [복구]를 떠올려 실행시켰다.

그러자 부서져 버렸던 기둥 주변에 있던 돌덩이들이 튀어 오른다.

그러더니 움푹 팬 자리를 메우기 시작했다.

하지만 곧 그 작업은 중단되고 말았다.

"마나가 바닥이 난건가?"

주코를 복사하며 마나가 거의 바닥상태였고 조금씩 차오르고는 있었지만 얼마 되지 않는 양이라 작업이 중단된 것이다.

굳이 마나 포션까지 사용해 그것을 마무리할 생각은 없었으므로 곧 고개를 끄덕이는 유정상.

'삭제' 버튼은 클론으로 실행해보니 곧바로 삭제되듯 순식간에 사라지는 것도 확인했다.

이로써 삭제의 경우엔 일단 유정상 자신의 소유인 객체에 대해 삭제가 가능하다는걸 알 수 있었다. 가령 소환수라든가, 아니면 자신이 이미 가진 아이템 같은 것.

결국 크게 쓸 일이 없는 기능이란 것이다.

"적을 삭제하는 기능이라면 무적이 될 텐데. 좀 아쉽기는 하네."

그렇게 입맛을 다셨다.

"크워워워."

그때 갑자기 드레이크가 소리를 치더니 유정상에게 다가와서는 고개를 바닥에 떨어뜨린다.

"왜 그래?"

그런 녀석의 행동을 쉽게 이해하지 못한 유정상이 묻자 근처에 있던 주코가 한심하다는 듯 말했다.

"주인더러 타라잖아."

"그래?"

주코는 백정의 말도 이해하는 것 같더니 드레이크의 언어도 이해하는 모양이었다. 아니 어쩌면 언어가 아닌 의미만 전달받는지도 모르지만.

아무튼 주코의 이야기를 듣고 보니 드레이크가 머리를 아래로 떨어뜨린 모습이 자신이 등에 올라타라는 뜻을 전달하는 것처럼 보이기도 했다.

"좋아."

공룡의 등에도 타봤던 경험이 있었으니 다를 것도 없다는 생각에 드레이크의 등에 올라탔다.

그러자 녀석이 몸을 세우더니 날개를 퍼덕인다.

"어? 어?"

순간 당황한 유정상이었지만 녀석의 의도를 느끼고는 놈의 몸에 바짝 붙었다.

드레이크가 곧바로 두 다리를 부지런히 움직이며 레어 밖으로 점프하더니 날개를 활짝 폈다.

슈아아아아아.

거대한 드레이크의 동체가 구름이 내려다보이는 하늘을 향해 날아올랐다.

그리고 그 상태로 빠르게 날개를 펄럭거린다.

엄청난 바람이 유정상의 얼굴을 때렸지만 그 기분은 최고였다.

그 때문에 자신도 모르게 소리를 크게 한번 질렀다. 그리고는 곧바로 드레이크를 지시해 아래로 활강하기 시작했다.

그래도 뼈다귀들을 그냥 두고 갈수는 없는 일 아닌가?

"모두 다 내꺼다아아아아!"

커서 마스터

Cursor Master

5. 전설의 무투가 포타

커서 마스터

Cursor Master

5. 전설의 무투가 포타

다시 방에 도착한 유정상.

포탈을 벗어나자마자 블랙로브가 사라지고 다시 원래의 복장으로 돌아왔다.

[포탈이 사라집니다.]

그리고는 곧이어 방문에 있던 포탈이 사라지고 그 그림 역시도 사라지고 말았다.

조금 아쉽다는 표정의 유정상이 입맛을 다셨다.

포탈이 편하긴 했으니 당연한 일이었다.

던전 갈 때마다 저런 게 집에 있다면 얼마나 편할까 싶었지만 사람이 편한 것만 찾는 것도 문제라 생각하며 포기했다.

시간을 확인하니 저녁 12시였다.

"늦었구나."

그렇게 말하고 샤워라도 해야겠다는 생각에 옷을 챙겨 거실로 나가려고하다가 휴대폰이 깜박거린다. 곧바로 확인하니 문자가 잔뜩 들어와 있었다.

이런 경우가 없었던 터라 이상하다는 생각을 하며 문자를 확인했다.

문자를 보낸 사람은 공지훈이었다.

"맛돌이 녀석이네."

무슨 일인가 궁금해 문자를 열어보았다.

문자가 들어온 시간은 낮이었다.

– 대박! 역시 문제는 던전이 아니라 몬스터고기였어.

– 광폭 뿔사슴 고기가 최고로 맛있다. 너도 시간나면 한번 시식해 봐. 천국의 음식이 이런 맛일 거야.

– 나 오늘 내생에 최고로 행복한 날이다. 고맙다. 친구야.

유정상도 냄비에 그런 비밀이 있으리라고는 잘 알지 못했다. 물론 몬스터의 독성을 제거한다는 것 정도는 알고 있었지만 말이다.

"호들갑은."

어쨌든 공지훈의 문자를 읽으며 피식 웃고 말았다.

아무튼 재미있는 녀석이라는 생각을 하며.

그리고는 늦은 밤 샤워를 위해 욕실에 들어가려는데 머리에서 커서가 다시 뽑혀 나갔다. 그리고는 다시 부르르 떤다.

[미션 발생]

[4시간 안에 미션 장소로 이동하라.]

[시간을 지키지 못할시 2레벨의 하락과 2만 골드의 손실 발생.]

[좌표는…….]

“아, 진짜. 나도 좀 살자!”

유정상의 짜증 섞인 말에 큰방에서 소리가 들렸다.

그리고 곧 방문이 열리더니 잠에서 깬 어머니가 밖으로 나오며 유정상에게 물었다.

“무슨 일인데 이 오밤중에 그러니?”

“아, 뭐. 아무것도 아니야. 그냥 회사에서 또 바쁘다고 연락이 와서 말이지.”

“뭐? 이렇게 늦은 시각에? 무슨 마사지를 이렇게 한밤중에 하라는 거니?”

“그러게 말이야. 엄마는 그냥 주무셔. 나 샤워하고 다시 나가봐야겠으니까.”

“고생이 심하구나. 우리 아들.”

“고생은 뭘. 직장 생활이 다 그렇지.”

그렇게 얘기하고 일단 좌표를 확인하니 시간은 충분하겠다 싶어 샤워부터 하고는 가방을 챙겨 집을 나섰다.

몸이 조금 피곤한 감이 있어 일단 인벤토리에서 중급의 클린볼 하나를 꺼내 몸에 떨어뜨렸다.

몸에서 피로가 떨어져나가는 기분과 함께 정신이 번쩍 들었다.

✣ ❖ ✣

공격대의 리더 강호섭이 초주검 상태로 마테오 3호 던전을 빠져나왔다는 소식이 플레임 길드에 전해졌다.

상태가 심각해 일단 병원으로 옮겨졌고 그럭저럭 강한 육체적 능력에 의해 빠르게 회복하고 있었다.

강호섭이 던전을 빠져 나오자마자 길드원들이 고립되었으니 구조대를 파견해야한다는 이야기를 하고 혼절했다는 이야기를 들은 플레임 길드의 간부들이 긴급회의에 들어갔다.

정확한 사정은 강호섭이 깨어나야 알 수 있는 일이기는 하지만 정황상 던전 내에서 예상 못한 큰 일이 발생했다는 것만은 분명했다.

120명이라는 대규모 인원이 투입되었음에도 빠져나오지도 못하고 고립이 되었다는 사실을 알려온 팀의 리더 강호섭.

어째서 그가 직접 던전을 빠져나와 이 사실을 알려야했는가 하는 것은 차치하고라도 무려 5급이란 능력을 가지고도 그냥 몬스터를 피해서 던전을 빠져나오는 것만으로도 저런 초주검이 되었다는 건 진짜 심각한 문제가 틀림없었다.

그리고 얼마의 시간이 흐르고 그가 깨어났다는 소식을 들은 길드 간부들이 병원으로 이동해 그에게 상황을 물었다.

그런데 그의 입에서 나온 이야기는 간부들의 예상을 아득히 뛰어넘는 수준의 이야기였다.

"500여 마리의 언데드라. 거참."

간부 중 한 명이 어이가 없다는 듯 중얼거렸다.

다른 이들의 마음도 그와 다르지 않았다.

모든 전력을 쏟아 부은 전투로 100마리 이상을 죽였음에도 여전히 500마리 정도의 언데드가 남아 있는 상황이라니 정말 황당할 정도의 규모였다.

거기다 대규모의 스켈레톤 병사들 사이에 구울과 좀비 등이 섞여있다니 그 역시도 문제였다.

이쯤 되면 단순한 던전 공략이 아니라 대규모 전투의 형태가 되어 버리는 것이다.

플레임 길드로서는 이미 전력의 대부분을 투입하고도 이 모양이 되었으니 길드 차원에서 구조대를 결성하는 것은 이미 불가능한 상황이었고, 그렇다고 길드 연합에 요청하자니 길드의 미래가 걸려 있는 스트로늄 광산을 빼앗길 것을 걱정했다.

하지만 많은 길드원들을 이대로 포기할 수는 없는 일이었다.

길드의 주력인 그들이 만약 이대로 던전 내에서 실종되어 버린다면 플레임 길드는 이미 길드라고 할 수도 없는 상황이 되어 버린다.

그래서 간부들은 한시라도 빨리 결단을 내려야만 했다.

"도움을 청합시다."

결국 낙오된 팀원들 중에 자신의 친동생이 포함되어 있었던 간부 이청원의 의견을 시작으로 길드 연합에 도움을 요청하는 걸로 순식간에 결정이 내려졌다.

간부들 대부분이 공적으로든 사적으로든 친분이 있는 헌터들이 이 공략 팀에 소속되어 있었기에 모두들 마음이 급했던 것이다.

게다가 이미 길드의 남은 전력을 다 투입한다고 해도 해결이 불가능하니 이미 사건은 플레임 길드의 손을 떠난 것이었다.

이 소식을 들은 길드 연합도 이 문제에 대해 긴급대책회의에 들어갔다.

처음엔 이들도 이 문제에 대해 소극적인 태도를 보였지만, 플레임 길드에서 스트로늄 광산에 대한 정보를 제공하자 돌연 태도를 바꾸었다.

플레임 길드에서 알려온 정보에 의하면 그들이 발견한 스트로늄 광산이라면 이번 사건을 해결하는데 필요한 자금을 충분히 감당할 수 있을 정도였기 때문이었다.

게다가 플레임 길드는 추후에 남는 스트로늄의 지분 절반은 연합에 내놓겠다고 했다.

그 덕분에 길드 연합은 아주 적극적으로 나서서 움직였으며 순식간에 대대적인 구조대의 결성에 나서게 된 것이다.

그도 그럴 것이 스트로늄 광산이 발견된 건 던전이 생긴 이후로 겨우 두 번째였으니 당연한 일이었다.

첫 번째 스트로늄 광산은 현재 4대 길드 중 한자리를 차지하고 있는 '레드 호크'가 발견했었고 그 무지막지한 자금력을 바탕으로 현재의 위치를 만든 것이다.

길드 연합에서는 대규모 원정팀을 구성, 길드 규모에 따라 각성자들을 차출시켜줄 것을 각 길드에 전했고 그에 따라 150여 길드에서 대략 1천명에 이르는 각성자가 모여들었다.

'화이트 스톰' 길드의 송대호에게도 이 내용의 보고서가 전해져 그들 길드에서도 일의 중요성을 감안해 송대호를 비롯한 최강의 팀원 세 명이 차출되었다.

고립된 '플레임' 길드의 각성자들을 구출하는 것과 스트로늄 획득을 포함해 던전공략을 마무리하는 게 목표라는 사실을 알렸고 성공시킬 경우 엄청난 보상이 약속되었다.

마테오 3호 던전의 입구에는 천여 명의 국내 상위급 각성자들과 그들을 보조하는 길드원이 모여들었다.

그리고 이 소식을 전하기 위해 취재하는 각 방송사 기자들로 인근은 북새통을 이루었다.

방송사에서는 이렇게 대규모 던전 레이드가 이뤄진 사례가 국내에서는 처음 있는 일이고 전 세계적으로도 몇 번 없었던 일이라 많은 장비와 인력들이 투입되어 긴급뉴스로 다룬 것이다.

그리고 이 소식을 들은 발 빠른 외국 방송국도 모여들어 열띤 취재경쟁에 들어갔다.

플레임 길드로서는 처음부터 이 던전공략에 길드의 사활을 걸고 비밀을 강조하며 진행해왔던 프로젝트였는데 이렇게 방송에도 나올 만큼 완전 공개되어 버렸으니 씁쓸하지 않을 리 없었다.

그러나 현재로서는 다른 방법이 없었으니 그들로서도 하는 수 없는 일이었다.

곧이어 마테오 3호 던전에 유례가 없을 정도로 엄청난 숫자의 상위권 각성자들이 투입되었다.

그렇게 그들이 투입된 지도 8시간이 지나고 있었다.

✣ ❖ ✣

"으헉, 뭔 일이야 이거?"

난감한 일이 발생하고 말았다.

유정상이 인근 유료 주차장에 가는데 주변이 엄청 소란

스럽고 분주했다.

그 이유는 근처 전통시장에 화재가 발생한 탓이었다.

"빨리! 빨리!"

"뒤로 물러서세요!"

"대박! 불 엄청나다!"

수십여 대의 소방차와 응급차량, 그리고 경찰차에 119 구조대 차량까지 그야말로 차량과 사람들이 인근주변을 가득 채우고 있었던 것이다.

주차장으로 걸어가는 것도 쉽지 않은 상황이니 차를 끌고 나온다는 건 생각할 수도 없다.

"이거 어쩌지?"

이쯤 되면 던전까지 제시간에 도착할 방법이 없다.

동네를 벗어나 차를 잡는 것도 애매하다.

던전의 위치가 외진 곳이다 보니 이래저래 골치가 아팠다.

그런데 그 와중에도 소방관들과 119 구조 요원들의 바쁜 모습이 눈에 들어왔다.

화재 현장에서 구조한 사람들을 119 구조차에 실어 출발하려해도 사람들이 너무 많았던 탓에 제대로 빠져나가지 못하는 모습도 보인다.

"좀 비켜요! 위급 환자라고요!"

구조 요원의 외침에도 차와 사람들이 너무 많아 구급차가 빠져나가지 못하고 있었다.

오히려 그 장면을 휴대폰 영상으로 찍는 것에만 열중하고 있는 버러지 같은 인간들도 제법 보인다.

그걸 보고 있으니 짜증이 막 밀려온 유정상이 곧바로 머리에 박혀 있는 커서를 뽑고는 길을 막은 차량들을 번쩍 들어올리기 시작했다.

"꺄아아악!"

"뭐, 뭐야?"

사람들이 비명을 질렀지만 그러거나 말거나 차들을 길에서 걷어내기 시작했다.

그리고는 차를 근처 주차장이나 공원 쪽으로 옮기고 길을 열었다.

하지만 아직 사람들도 제법 많다는 걸 확인하고는 길을 막고 제대로 비켜주지 않는 인간들을 중심으로 들어 올려 근처 옥상에 올려버렸다.

"꺄아악! 살려줘!"

"우와악!"

그런 일이 눈앞에서 벌어지고 있으니 사람들은 곧바로 길에서 물러서기 시작했다.

그러고 나자 구조차량들이 그곳을 빠져나가기 시작했고, 더불어 아직 진입하지 못하던 소방차나 경찰차들도 들어오기 시작했다.

"휴우. 대충 정리가 되었나?"

던전 밖에서 커서의 힘을 너무 많이 썼더니 마나 소모도 제법 많았다.

그나마 레벨이 많이 올랐으니 가능한 일이었다.

이전 같으면 사람 한두 명 들어 올리면 마나가 거의 바닥을 쳤을 것이다.

그나저나 시간을 확인하고는 화들짝 놀라고 말았다.

"젠장, 시간 없다."

하는 수 없다는 생각에 당장 생각나는 인간에게 전화를 걸었다.

마침 녀석도 잠이 들지는 않은 것 같았다.

– 어? 유정상. 네가 이 밤에 무슨 일이지?

휴대폰 너머에서 들려오는 소리는 공지훈의 것이었다.

그가 의외라는 목소리로 물었지만 꽤나 반가워하는 눈치다.

유정상이 전화를 건건 처음이었으니 당연한 일이었다.

"내가 지금 좀 급하다. 그러니까 네가 좀 도와줘야겠다."

– 급하다고? 무슨 일인데?

"자세한건 나중에……. 너 우리 동네 알지?"

– 당연하지.

"나 지금 충북 제천에 있는 던전에 가봐야 하거든. 그런데 시간이 좀 부족하다. 지금 우리 동네에 화재가 생겨서 온 사방이 소방차와 경찰차로 북새통이거든."

– 알았다. 무슨 얘긴지. 일단 휴대폰 켜둔 채로 한적한 장소로 이동해. 금방 그쪽으로 갈 테니까.

곧바로 은신 스킬을 시전하며 빠르게 달렸다.

"헉. 헉."

역시 던전 내에서와 달리 바깥에서의 마나와 체력이 소모되는 양이 무척 컸다.

유정상이 분주한 곳을 벗어나 한적한 도로변에 다다랐을 때 납작하게 생긴 자동차가 그에게 달려오는 게 보였다.

부아아앙.

자동차 사이를 휙휙 빠져나가며 달려오는 모습이 꽤나 위험해 보인다.

빠르게 달려온 자동차가 유정상의 앞에서 멈추었다.

그리고 운전석 도어가 열리더니 공지훈이 피식 웃는다.

"네가 연락을 다 주고 별일이네. 어서 타."

그 말에 유정상은 아무 말 없이 가방을 뒷자리에 던져 넣고 조수석에 올라탔다.

차고가 너무 낮으니 자동차 시트에 앉는 게 마치 바닥에 주저앉는 듯한 기분이다.

그리고 조수석의 문이 닫히자마자 거친 배기음을 뿌리며 자동차가 빠르게 달렸다.

부아아아앙!

"속도위반 딱지 꽤나 떼이겠네."

"괜찮아. 그딴 건."

그런데 차가 생각보다 불편했다.

빠르게 달리기 위해 만들어진 차다보니 안락함과는 거리가 멀었던 것이다. 이대로 던전까지 쭉 달려가면 빨리 갈수는 있겠지만 엉덩이가 남아나지 않을 것 같았다.

그런데 차는 그리 오래 달리지 않고 인근 야외공터에 멈추었다.

"여긴 왜?"

"일단 내리자."

공지훈의 말에 차에서 내린 유정상이 그를 따라 공터 쪽으로 걸어가자 시끄러운 소리가 들려왔다.

놀랍게도 공터 가운데 헬기가 프로펠러를 회전시키며 그들을 맞이하기 위해 대기하고 있었던 것이다.

"……!"

"어서 타자. 급하게 오느라 좋은 헬기를 섭외 못했다. 네가 이해해라."

공지훈의 말에 어이없어 하던 유정상이 곧 피식 웃었다. 그로서는 이정도도 분에 넘친다. 곧 유정상과 공지훈이 헬기에 올라탔다.

그런데 좋은 헬기가 아니라더니 제법 고급스러운 소파로 장식된 헬기였다.

그 바쁜 와중에도 이런 걸 준비한 공지훈이 꽤나 대단해 보인다.

곧바로 공지훈이 헬기 조종사에게 뭔가 이야기하자 헬기가 떠오르기 시작했다.

두두두두두.

그리고 예정에도 없던 야간비행이 시작되었다.

✣ ❖ ✣

마테오 3호 던전 인근에 도착한 헬기에서 내린 유정상과 공지훈.

근처에 준비되어 있던 자동차에 옮겨 탄 그들이 던전 근방으로 이동했다.

그리고 한참을 달려 도착하자마자 유정상이 가방을 들고 차에서 내려서는 던전이 있는 방향으로 걸어가자 공지훈이 그를 따라왔다.

"나도 같이 갈래."

"개인적인 일이야."

"여기 던전에 대한 소식은 나도 들었다."

"소식이라니."

유정상은 아무런 정보를 듣지 못한 상태였다.

그는 그저 미션이 발생했기 때문에 온 것일 뿐.

그런데 공지훈에게서 대략적인 이야기를 들으니 뭔가 심각한 일이 벌어진 게 틀림없었다.

"그래서 인근에 이렇게 사람들이 많이 모여 있었군."

던전의 근처까지 오고 보니 사방에 차량들과 사람들이 북적이고 있는 모습이 눈에 들어와 무슨 일인가 했더니 다 이유가 있었던 것이다.

"응. 듣기론 다른 나라 방송국에서도 제법 취재하러 왔다더라."

"도대체 안에서는 무슨 큰일이 벌어지기에 이 호들갑들이지?"

"나도 그것까지는 몰라. 그냥 여러 길드에 지원통보가 들어갔다는 사실 말고는 말이야. 하지만 분명한 건 이만한 규모의 레이드가 6등급에서 이뤄질 정도면 아마도 던전 내에서도 몬스터가 엄청 많다는 이야기겠지. 그나저나 그럼 넌 뭣 때문에 이곳에 들어가려고 하는 건데? 이 일이랑 관계가 없는 거였어?"

하지만 공지훈의 질문에 대답하지는 않았다.

아니 정확히는 자신도 미션을 확인하지 않았으니 알 수가 없는 것이다. 물론 알고 있더라도 이야기해 줄 리는 없겠지만.

어쨌거나 이번 미션도 잘은 모르지만 이렇게 많은 사람들이 모인 것과 완전히 무관하지는 않으리라.

조금 피곤하고 귀찮기는 하지만 할 수 없다는 표정으로 평소처럼 가방을 열어 가짜 헌터 슈트를 착용했다.

그런데 그 모습을 본 공지훈이 얼굴을 살짝 찌푸렸다.

"너 그거 어디서 구한거야? 너 정도 되는 녀석이 왜 그런 싸구려를……."

"눈에 띄고 싶지 않으니까."

"아. 그렇구나. 그나저나 던전 안에 들어가서 블랙로브로 바꿔 입으려면 귀찮겠다."

"신경 꺼라."

그렇게 말하고는 곧바로 던전 쪽으로 이동해갔다.

"그런데 너. 저기 6등급인 건 알고 가는 거 맞지?"

당연히 6등급은 국가에서 관리하는 던전에 속한다. 그러니 그냥 돈만 준다고 들여보내줄 리가 없다. 특히나 지금처럼 비상 상황에서는 더욱 그렇다.

거기다 이미 천명에 달하는 거대 집단이 들어간 뒤였으니 그 뒤로는 인원을 통제하고 있을게 틀림없었다.

"알아서 들어갈 테니 그런 건 걱정하지 않아도 돼."

"하긴. 내가 괜한 걱정을 했네."

그렇게 유정상이 던전 근처로 이동해갔다.

그리고 곧바로 은신 스킬을 시전했다.

파파팟.

유정상이 사람들 사이를 뚫고 이동을 시작했다.

주변 사람들은 유정상의 그런 기척을 전혀 눈치 채지 못했고, 그 사이 유정상은 던전 속으로 들어가 버렸다.

그런데 그 순간 던전 근처에 있던 각성자가 흠칫하며 던전 쪽으로 바라보았다.

'뭐지? 착각인가?'

5급의 고위급 각성자라 그의 감각에 뭔가 미세한 움직임이 포착되었다. 하지만 그도 곧 고개를 그냥 갸웃거리고 말았다. 아마도 작은 동물이 아니었을까 정도로만 생각한 것이다.

유정상이 던전 속으로 사라지고 얼마 지나지 않아 공지훈도 자신의 헌터 슈트로 갈아입었다.

여기까지 따라왔는데 그냥 보고만 있을 수는 없는 일이었다.

그도 눈치가 아예 없는 인간은 아닌 것이다.

주변 분위기상 일반적인 일이 안에서 벌어질 리는 없는 것이다.

왜 유정상이 던전에 들어간 것인지는 모른다.

다만, 그의 기행에 자신도 참가하고 싶었다.

물론 단순히 냄비 하나를 받은 은혜 때문만은 아니었다.

호기심이 그를 그곳으로 인도하고 있었던 것이다.

그렇게 공지훈이 던전 쪽으로 이동해갔다.

그런데 그 때문에 주변 사람들이 소란스러워졌다.

공지훈을 알아본 사람들이 주변에 많았던 것이다. 그리고 곧바로 큰소리가 터져 나왔다.

"공지훈이다!"

누군가 공지훈을 알아보고 소리쳤다.

그 소리에 반응한 사람들이 공지훈 쪽으로 시선을 돌린다.

"뭐? 공지훈? 그게 누군데?"

"병신. 블랙로브 몰라?"

"뭐? 블랙로브?"

사람들이 웅성거리며 공지훈에게 몰려들었다. 그들 중엔 기자들도 몇 명 포함되어 있었다.

"블랙로브로서 사람들을 돕기 위한 건가요?"

"이곳에도 안전지대를 만들 예정입니까?"

"한마디만 해주세요!"

하지만 공지훈은 그들의 질문을 무시하며 담담한 얼굴로 던전을 향해갔다. 그리고 곧 주변에서 소리치는 소리가 들렸다.

"블랙로브 파이팅!"

그 소리에 움찔한 공지훈이 입맛을 다셨다.

'이거 나중에라도 내가 아닌 거 밝혀지면 맞아죽는 거 아닌가 몰라.'

그렇게 생각하며 피식 웃었다.

그리고는 곧바로 던전 속으로 들어갔다.

그런 공지훈을 아무도 막지 않는다.

블랙로브로 판단되는 사람을 공무원들이 막을 리 없는 것이다.

✣ ❖ ✣

던전에 들어온 1천여 명의 헌터들.

이런 엄청난 숫자의 헌터들이 한꺼번에 던전에 들어온 경우가 거의 없다보니 그 기세가 하늘을 찌른다.

인간의 냄새를 맡은 스켈레톤병사 몇 마리가 출현해 멋모르고 덤벼보았지만 순식간에 헌터들에 의해 쓸려 나가버렸다.

이번 레이드에 참석한 이들 중에는 짐꾼이 따로 없다보니 각자 조촐한 가방을 소유하고 있는 게 다이다. 하지만 비싼 가격의 스켈레톤 뼈다귀를 그냥 둘 수 없는 일.

그래서 간간이 나타나는 스켈레톤 녀석들을 그냥 두지 않고 서로 달려들어 잡고는 뼈를 각자의 가방에 담았다.

헌터들의 숫자가 워낙 많았기 때문에 스켈레톤이 십여 마리 정도 몰려와도 순식간에 박살이 나버리니 그야말로 땅 짚고 헤엄치기나 다름없는 레이드였다.

그렇게 몇 마리 정도씩만 뭉쳐서 등장하는 스켈레톤 병사들과 간혹 모습을 보이는 좀비를 각개격파하며 순조롭게 진행했다.

"들었던 얘기와는 다르군. 내가 보기엔 보통의 6성급 던전과 다를 바가 없는 것 같은데 말이야."

팀을 이끌고 있는 4급의 각성자 윤환태가 느긋한 얼굴로 말했다.

포이즌 드래곤의 제2공격 대장이자 최상급의 헌터로 분류되는 4급의 자신이 이런 일에 투입된다는 걸 처음엔 그리 반기지 않았던 그였다.

하지만 광산이 개발될 경우 그에게도 일정 지분을 약속하자 못이기는 척하며 나선 것이었다.

“500이나 되는 언데드가 마치 하나의 팀처럼 같이 행동한다는 이야기는 저도 아직 들어본 일이 없습니다.“

“그래. 나도 그 점이 조금 이상했지만 그래도 강호섭의 이야기니 그냥 흘려들을 수는 없는 일이 아닌가.”

“아무리 그라고 해도 착각은 할 수 있으니까요.”

그의 곁에서 있는 이야기하는 이는 5급 각성자이자 포이즌 드래곤의 4공격대장을 맡고 있던 김석호였다.

그런데 그들이 프라임 길드의 강호섭을 잘 알고 있는 것에는 나름 이유가 있었다.

강호섭은 그들이 소속되어 있는 길드 포이즌 드래곤의 제 3공격대장인 강길섭의 쌍둥이 동생이기도 했기 때문이었다.

“그럴 수도 있겠지. 어쨌든 플레임 길드가 조금 과한 먹이를 삼키려고 하다가 소화불량에 걸린 탓일지도 모르겠군.”

“아마 이것을 계기로 단숨에 최상위 길드로 도약을 하려 했을 겁니다.”

“그렇겠지. 그만큼 스트로늄의 광산이 주는 유혹이 강했을 테니.”

그들이 그렇게 느긋하게 이동하는 동안에도 십여 마리의 언데드들은 수시로 출몰했고 순식간에 쓸려나가고 있었다.

그런데 조금 이상한 점이 있었다.

마정석은 조금씩 언데드의 몸에서 나오고는 있었지만

어쩐 일인지 귀환석이 보이지 않았다. 보통 때라면 이정도의 언데드를 잡았다면 보통은 5개 이상의 귀환석이 나와야 정상인데 이번엔 뭔가 조금 이상하다는 생각들을 하고 있었다.

물론 귀환석을 굳이 구하려고 한다면 던전의 중심에서 떨어진 장소로 이동해 하급의 몬스터들을 잡는다면 나오기는 할 것이다. 그러나 굳이 그렇게까지는 생각하지 않았다.

당장 귀환석이 필요한 것도 아니었고, 지금은 언데드를 소탕해 플레임 길드원들을 구하고 여유가 있다면 광산까지 점령하는 게 임무였으니 말이다.

"그들이 있다는 곳은?"

"네. 이곳에서 멀지 않은 곳입니다."

김석호가 대략적인 던전의 지형이 그려진 지도를 살피며 설명하자 윤환태가 고개를 끄덕였다.

그렇게 나름 여유 있게 이동해 가는데 뭔가 이상한 기운이 한곳에 쏠리고 있는 게 눈에 들어왔다.

그리고 그 속에서 흉측한 피부의 구울 수십여 마리가 등장했다.

"구울인가?"

"의외군요."

갑작스런 구울의 등장에 윤환태가 미간을 찌푸리며 말하자 김석호가 동조했다. 하지만 두 사람은 더 이상 크게 반응하지는 않았다.

의외이긴 하지만 그래봐야 숫자는 얼마 되지 않았기 때문이었다.

곧바로 모습을 드러낸 놈들이 인근에 있던 헌터들과 교전이 벌인다. 하지만 이제까지 등장하던 스켈레톤에 비해 한 등급 높은 놈들이다 보니 생각보다 상대하는 게 까다롭다. 그러나 숫자는 겨우 20마리 정도.

7급들이 물러서며 인근에 있던 6급의 헌터들이 그곳으로 이동 한꺼번에 달려들어 삽시간에 날뛰는 구울들을 진화해버렸다.

하지만 그것은 시작에 불과했다.

[미션]

[악마 '앙테크리스트'를 처단하고 그가 만든 차원의 틈을 막아라.]

[마계의 귀족 앙테크리스트가 차원의 균열을 깨고 던전에 들어와 언데드를 규합하고 있다. 아직은 그의 세력이 그리 강하지 않아 큰 인간계에 큰 힘을 미치고 있지 못하고 있다. 하지만 이대로 시간이 흐른다면 언젠가 그의 힘이 인간계에 미칠 것은 자명한 일. 그의 세력이 더 이상 커지기 전에 막아야 한다.]

[미션 실패시 7레벨의 하락과 20만 골드의 손실, 그리고

익히고 있던 스킬 두 개가 랜덤으로 사라진다.]

[미션 수행까지 남은 시간 24시간.]

"헉!"

7레벨의 하락도 그렇지만 익히고 있는 스킬을 두 개씩이나 랜덤으로 사라진다니 만약 그런 일이 벌어진다면 멘탈이 견딜 수나 있을지 걱정이었다.

거기다 보유 금액을 넘어서는 20만 골드의 손실은 또 어떤가?

순식간에 마이너스 통장을 가진 빚쟁이의 신세로 전락해버리는 것이다.

"고생은 고생대로 하면서 빚더미에 살라는 거냐?"

애초에 유정상에게 앙테크리스트가 뭐하는 놈인지 따위는 관심사가 아니었다. 그는 오로지 자신에게 닥칠 수도 있는 현실만을 걱정하고 있는 것이다.

그런데 주코는 무엇 때문인지 그저 멍하게 있을 뿐이었다.

"너 왜 그래?"

"주인, 이건 미친 짓이다."

뜬금없는 녀석의 말에 의아한 표정을 지었다.

물론 주코가 미션의 내용역시도 알아보는 능력을 가졌다는 건 유정상도 이미 알고 있었다.

그러나 다소 뜬금없는 녀석의 다급한 말에 조금 의아한

표정을 지었다.

"뭔 소리야? 미친 짓이라니."

"주인. 앙테크리스트는 일반적인 하급 마족 따위가 아니다."

"그래서?"

"그래서라니, 놈은 이제까지 주인이 상대하던 놈과는 차원이 다른 놈이다. 예전에 주인이 상대했던 그 놈 따위는 정말 아무것도 아니다."

"그럼 드레이크보다 더 강해?"

"드레이크 따위와는 비교할 수 없다. 애초에 본신의 육체적 능력도 강한데다가 마력 역시도 엄청나다."

주코의 말을 듣고 보니 놈이 강하긴 한 모양이었다.

솔직히 힘들게 상대했던 두 놈 다 커서의 무적방패 덕분에 이길 수 있었지 유정상의 힘만으로는 불가능한 상대들이었다는 건 사실이었다. 하지만 그런 녀석들조차 주코의 말대로 아무것도 아닌 정도의 괴물이라면 조금, 아니 심각한 상황인건 맞는 것이다.

그렇다고 해도 이미 미션은 발동한 상황.

유정상에게 선택의 여지는 있지도 않았다.

그리고 결국 닥치면 어떻게든 될 거라 생각하며 걱정은 하지 않기로 했다.

곧이어 커서가 가리키는 방향으로 이동을 시작했다.

"정말 미션을 꼭 해야 하는 거냐?"

"글쎄. 꼭 해야 하는지는 확인해보지 않았으니 모르지."

"그럼 지금이라도 포기하는 게 어떠냐?"

"7레벨의 하락, 20만 골드의 손실, 스킬 두 개 증발. 감당이 되려나 모르겠네."

"놈은 엄청난……."

"그 전에 너부터 포기해볼까?"

"……."

주코의 얼굴이 거무죽죽하게 변해버렸다.

그렇게 걸으며 주변을 둘러보니 조용하다.

"어째 한산한 느낌이네?"

"내 탐지에도 걸리는 놈이 없다."

주코가 손을 뻗어 주변을 살피며 유정상의 곁에서 이동했다.

백정도 주변을 두리번거리고는 뿔뿔거리며 따라간다.

"아까 천명이나 들어갔다더니 몬스터들을 죄다 쓸어버린 건지도 모르지."

그렇게 말하며 주변을 둘러보니 과연 싸움의 흔적과 함께 수많은 사람들이 이동한 흔적도 보인다.

그것을 보다가 곧 주변에 적당한 장소를 발견하고 활력의 불꽃을 피워 안전지대 쉼터를 만들었다.

모닥불 앞에 앉아 아직 몸에 남아 있는 피로를 완전히 몰아내고는 서둘러 그곳을 벗어났다.

그런데 커서가 알려주는 방향과 사람들이 이동해간 방향

은 조금 달랐다.

그들이 이동한 방향은 이동하기 편한 곳이었지만 유정상이 걷고 있는 방향은 조금 달랐다.

커다란 바위들이 잔뜩 쌓여 있는 곳이라 걸어서 넘기엔 조금 귀찮은 길이었다.

"어째서 이렇게 길도 아닌 곳을 가리키는 거야? 지름길인가?"

유정상이 조금은 불만 섞인 음성으로 말했다.

"주인 말이 맞다. 넌 반성해라!"

유정상을 거들며 커서에게 소리치자 커서의 색이 붉게 변한다.

커서에게서 느껴지는 살기.

"크음. 역시 이유가 있을 것이다."

금방 꼬리를 내린다.

"이제 가볼까?"

유정상의 말에 백정이 그의 어깨에 올라탄다. 그것을 확인한 유정상이 곧바로 이동의 팔찌를 이용해 몸을 날려 바위 위로 올라갔다.

주코는 자신의 비행 마법을 이용해 유정상을 따라 이동했다.

"너, 날수 있었냐?"

"그렇다."

"너, 이 자식 그럼 왜 말을 안 해?"

"안 물어봤으니까."

그 말에 유정상이 바위 위에 서서는 손가락을 까닥거리며 오라고 신호를 보냈다.

"왜. 부르나?"

"좋은 말로 할 때 와라."

"확실히 말해라. 때리려는 거냐?"

"시끄럽고 일단 오라니까."

"자, 잘못했다."

✣ ❈ ✣

"갑자기 어디서 이렇게 많은 놈들이 몰려온 거야?"

"이런 것은 저도 예상하지 못했습니다."

"대충 봐도 800마리 이상이군."

이번 던전 레이드를 이끄는 4급 헌터 윤환태가 인상을 잔뜩 일그러뜨리며 말했다.

꽤나 많은 언데드를 죽였지만 계속 주변에서 몰려오는 언데들 때문에 헌터들도 적잖이 당황하고 있었던 것이다.

그리고 싸움이 한창 치열해지고 있는 상황에서 문득 돌아보니 얼핏 봐도 500은 충분히 넘어보였다.

그리고 계속 늘어나는 몬스터들.

슬슬 1천여 명의 헌터들도 뭔가 이상하다는 사실을 느끼고는 조금 전열이 흐트러지기 시작했다.

그 상황에서 다시 추가되고 있는 언데드의 모습에 결국 리더 윤환태도 뭔가 잘못되었다는 걸 느낀 것이다.

"젠장, 이렇게나 많다니."

"그래도 이정도의 숫자는 감당 못할 정도는 아닙니다."

아직은 연합 길드원들의 숫자나 능력이 앞서고 있으니 문제될 것은 없다고 판단하고 있었다.

그러나 그들이 그런 생각을 하고 있는 순간에도 계속 언데드의 숫자는 늘어만 가고 있었다.

일단 상위급 헌터들인 5급과 6급들이 선두로 나서 몬스터들을 제압하기 시작했다.

그러자 압도적인 무력에 순식간에 100여 마리 이상의 언데드들이 바닥에 쓰러져 버렸다.

그런데 일반 하급 언데드들 사이에 드라우그가 등장하기 시작했다.

드라우그의 모습은 구울과 스켈레톤을 섞어놓은 듯한 모습을 하고 있었지만 전투력은 그것들에 비해 월등히 강하다.

놈들이 착용하고 있는 투구나 방어복도 강했고 들고 있는 검이나 도끼도 성능이 좋은 것들이다.

거기다 다른 언데드에 비해 동작이 빠르고 날렵해 6급 헌터도 한 마리를 상대하는 것이 버거울 정도였다.

그런 드라우그가 30여 마리나 등장하자 3명의 5급 헌터들이 가세해 놈들을 처단하기 시작했다. 4급 헌터이자 리더인 윤환태도 한꺼번에 4마리의 머리를 날려버리며 싸움에 끼어들었다.

그리고 곧 드라우그도 모두 소탕하고 주변에 있던 800여 마리의 하급 언데드들을 모두 전멸시키고 나자 헌터들도 조금은 지친 탓에 휴식에 들어갔다.

죽은 사람은 없었지만 부상자가 100여명이 발생했다. 그중 제법 부상이 큰 30여명은 던전 밖으로 보내야 할 상황이었다.

"귀환석은?"

"아직 돌아오지 않았습니다."

귀환석을 구해오기 위해 구성된 50여명의 팀이 던전 중심의 외곽지역으로 나간 후 아직 돌아오지 않고 있었다.

"그럼 일단 여기서 대기하며 그들을 기다리도록 하지."

"알겠습니다."

쿵. 쿵. 쿵.

공지훈이 돌거인과 함께 던전을 돌아다니고 있었다.

던전에 들어온 뒤 약간 외곽지역 쪽으로 방향을 먼저 잡았다.

아무래도 던전이 언데드가 많은 곳이다 보니 중심으로 갈수록 일반 몬스터는 만나기가 어렵다는 생각에 일단 외곽을 돌며 멧돼지 몬스터나 사슴종류, 혹은 토끼처럼 하급 몬스터를 먼저 사냥하기 위함이었다.

그 덕분에 하급의 마정석 몇 개와 귀환석 몇 개를 덤으로 얻었다.

어차피 귀환석은 던전을 탈출할 때 쓰일 물건이니 따로 챙겨두었다.

그리고는 한참 후에나 사람들의 흔적을 발견할 수 있었다.

사실 던전은 들어올 때마다 미세하게 입장하는 장소가 다르다. 그러다보니 어떤 장소를 이동하는데도 들어오는 순서에 따라 도착시간이 다른 경우가 흔하다.

물론 그렇다고 해서 전혀 엉뚱한 장소로 들어오는 건 아니지만 그런 미세한 차이 때문에 앞에 들어간 사람들과 전혀 조우를 못하는 경우도 발생한다.

아무튼 일단 사람들이 이동해간 방향을 확인하며 주변을 살폈지만 별다른 몬스터의 움직임은 포착되지 않고 있었다.

"모두 박살을 내면서 이동하나보군. 그나저나 유정상 이 녀석은 어디로 이동했을까?"

일단 목적을 정확히 모르는 이상 이동방향역시 정확히 알기는 어렵다. 그러나 현재로서는 그저 1천여 명의 헌터들을 따라가다 보면 뭔가 알지 않을까하는 생각에 느긋한 걸음으로 걸어가고 있었다.

던전에 들어오면서 가지고 들어온 큰 가방은 늘 돌거인에게 맡겼다.

거기엔 중요한 물품이 많이 들어있다.

침낭이라든가 음식물을 보관하는 휴대용 냉장박스도 포함되어 있다.

처음 던전에 들어와 사냥한 몬스터의 고기가 냉장박스에 보관되어 있음은 당연한 일이었다.

물론 냄비의 경우는 현재 자신이 메고 있는 백팩에 넣어두었다.

아무래도 다른 물건과는 중요도가 한참이나 다른 물건이니 그럴 수밖에 없었다.

안전을 위해 집의 금고에 보관해 둘 수도 있지만 그래도 던전에 와서 먹어야 제 맛이 나기 때문에 늘 소지하고 있는 것이다.

그런 그의 앞에 스켈레톤 병사 두 놈이 나타났다.

놈들이 공지훈을 확인하고는 빠르게 걸어 다가오기 시작했다.

특유의 덜그럭 거리는 소리와 함께.

빠각!

빠지직!

결국 돌거인의 주먹 한방씩에 모두 박살이 나고 말았지만.

주변에 잔뜩 널브러져 있는 스켈레톤 사이에서 대충 자리를 잡고 앉았다.

"에이, 금강산도 식후경이라는 데 먹고 가자."

그렇게 말하고는 냄비를 꺼냈다.

그리고 돌거인이 메고 있던 가방에서 박스를 꺼내 처음 잡았던 칼 멧돼지의 넓적다리 고기를 꺼내고는 칼로 잘라 냄비에 넣어 마나를 집중했다.

지글지글.

그리고 고기가 익자마자 고기 한 조각을 포크로 찍어 들고는 입에 넣었다.

쩝쩝.

이제까지 먹었던 몬스터와는 또 다른 맛이 입안에 맴돌자 감탄사가 절로 나온다.

"히야, 역시 맛있……."

그런데 그때 근처에서 소란스러운 소리가 들려오자 중얼거리던 말도 멈추고 인상을 찌푸린다.

"참나. 모처럼 여유 있게 맛보나 했더니."

그렇게 말하며 입에 넣었던 음식만 급하게 씹고 나머지는 바닥에 버렸다. 그리고는 서둘러 가방을 챙겨 소리가 나는 방향으로 이동했다.

어쩌면 유정상일지도 모르니 자신이 도울 일이 있으면 잽싸게 나설 생각이었다.

그러나 소란스러운 장소에 다다르고 보니 전혀 엉뚱한 장면이 눈에 들어왔다.

"크아아아!"

드라우그 20여 마리와 30여명의 각성자로 보이는 사람들이 격렬하게 싸우고 있었다. 하지만 숫자가 헌터들이 많다고는 해도 상대가 드라우그라 그런지 바닥에 쓰러진 사람들이 제법 많았다.

그것을 확인한 공지훈이 빠르게 근처로 다가갔다.

그리고는 곧바로 돌거인이 공지훈의 의지를 받아 곧바로 싸움에 뛰어들었다.

퍼억!

"케에에엑!"

드라우그 한 마리가 돌거인의 무지막지한 주먹에 나가떨어진다.

하지만 곧 자세를 잡고 다시 공격을 하려했지만 두 번째 펀치에 완전히 머리통이 작살나 나버렸다.

그리고 근처의 다른 드라우그에게 주먹을 날렸다.

콰앙!

강한 주먹에 헌터들과 검을 주고받던 드라우그 한 마리가 땅속에 꽂혀 버렸다.

그 때문에 주변에 있던 드라우그들이 곧바로 공지훈의 돌거인에게 달려들기 시작했다.

퍼억!

퍽!

콰가강!

"끼우욱!"

"꾸에에엑!"

"꾸아아아악!"

드라우그 한마리가 자신의 검을 휘둘러 돌거인에게 휘두르자 허리부분이 부셔서 나간다.

그러나 곧바로 몸을 회전시킨 돌거인이 주먹을 날려 안면을 박살내 버린다.

콰앙!

그렇게 8마리 이상을 돌거인 혼자서 박살을 내버리자 궁지에 몰렸던 각성자들이 힘을 내 나머지 드라우그들을 몰아붙였다. 그리고 얼마 지나지 않아 모두 정리가 되었다.

드라우그를 모두 쓰러뜨리고 나자 헌터들이 공지훈에게 몰려들었다.

"감사합니다. 덕분에 살았습니다."

"인사는 나중에 하고 여기 주변을 먼저 정리해야 할 것 같은데."

"아, 네."

공지훈이 주변에 쓰러진 헌터들을 살핀다.

10여명은 이미 목숨을 잃었고, 중상도 6명이나 되었다.

사망자들은 일단 시신을 묻어주었고 중상자들을 모아 상처들을 치료하기 시작했다.

각성자들이 그렇게 분주하게 움직이는 동안 공지훈은 돌거인의 어깨에 올라타 사방을 살피고 있었다.

1천여 명의 헌터가 이동해간 방향 따위는 관심이 없었다. 그저 유정상이 어디로 갔을까 하는 데만 신경을 쓰고 있었다. 그런데 먼 곳에 익숙한 불빛이 보인다.

그곳을 확인한 공지훈이 서둘러 돌거인의 어깨에서 바닥에 뛰어내렸다.

그리고 사람들에게 다가갔다.

모두 나름 급한 치료를 받고 있었지만 중상엔 별다른 진척이 보이지 않는다.

"중상자들은 귀환석으로 복귀해야겠군요. 일단 이걸로 던전을 빠져 나가시죠."

공지훈이 그들의 리더인 6급 헌터 정설훈에게 귀환석 하나를 내밀었다.

"귀환석을 구하셨군요."

"귀환석은 흔한 물건인데."

"저희가 맡은 임무가 귀환석을 구해가는 겁니다. 그런데 이곳 던전엔 어쩐 일인지 귀환석이 없습니다. 아무리 많은 언데드를 사냥해도 전혀 나오지 않아 저희들이 귀환석을 구하기 위해 던전 중심에서 벗어나 외곽지역으로 이동해 가던 도중 드라우그들과 조우한 것입니다."

그 말을 들은 공지훈의 표정이 살짝 굳어 버렸다.

설마 귀환석이 잘 나오지 않는 던전이 있을 거라고는 전혀 생각하지 못한 탓이다. 그나마 자신은 얼떨결에 외곽 지역으로 길을 잘못 드는 바람에 하급 몬스터들을 사냥해 귀환석을 얻었으니까.

기본적으로 귀환석은 던전 내에서만 구할 수 있는 물건이다.

일단 외부로 나가면 귀환석의 기능은 사라져 그냥 일반 돌이 되어버리니 들어오면 가장 먼저 해야 할 일이 귀환석을 구하는 것이다. 하지만 그 귀환석이라는 것이 워낙 쉽게 구해지는 특징이 있다 보니 사람들은 종종 그것을 망각하고 뒤늦게 귀환석을 구하려는 습성이 있다.

하지만 던전출입 원칙 1장이 '먼저 귀환석부터 확보하라.' 이니 이 원칙이 얼마나 중요한가 생각해보면 알 수 있는 일이다.

아무튼 공지훈이 내민 귀환석으로 극심한 부상을 입은 6명을 먼저 내보냈다.

그리고 나머지 부상자들과 함께 불빛이 있는 장소로 이동했다.

그리 멀지 않은 장소라 금방 도착할 수 있었다.

모닥불이 피어있는 안전지대.

역시 유정상이 거쳐 간 곳임을 공지훈은 알 수 있었다.

아무튼 사람들이 이곳에 들어오자 그 묘한 힘에 의해 몸에 있던 자잘한 부상들이 씻겨나가고 있음을 느끼고는 모두 놀랐다. 그리고 동시에 공지훈을 힐끔거리며 뭐라 수군거리기 시작했다.

"역시 블랙로브가 맞나봐."

"그래. 이곳에 안전지대가 있다는 이야기는 못 들었으니까."

"그런데 어째서 이번엔 블랙로브를 쓰고 있지 않은 거지?"

"뭐, 기분 따라 달라지는 거겠지."

"쓸데없이 거슬리는 행동은 하지 말라고."

"알았어."

수군거리는 소리였지만 5급 헌터인 공지훈의 감각을 피해가진 못한다.

'다 들린다. 이것들아.'

하지만 공지훈은 굳이 그것에 대한 이야기를 꺼내지 않았다.

어찌되었건 지금의 그는 유정상을 대신하고 있으니 굳이 아니라는 이야기를 할 필요는 없었다. 하지만 맞다라고 말한 것도 아니니 거짓말을 하는 것도 아니다.

아무튼 그 때문인지 모두가 그를 조심스럽게 대하고 있었다. 아무래도 방송을 진하게 제대로 탔던 탓에 그의 능력에 경외감을 느끼고 있었던 게 분명했다.

✣ ❖ ✣

어느새 높은 돌산의 중턱에까지 올랐다.

드레이크를 부를까도 생각했지만 다른 소환수인 백정이나

주코와 달리 유정상의 마나를 소모하는 녀석이라 중요한 순간이 아니면 굳이 부르지는 않았다.

물론 유정상의 마나량이 많고 급하면 마나포션을 사용하면 되는지라 부담스러운 건 아니었지만 번거롭게 느껴지는 것도 사실이었기 때문에 중요한 순간이 아니면 굳이 부를 생각이 없었던 것이다.

거기다가 드레이크가 워낙 눈에 띄는 몬스터다보니 주목을 쉽게 받는다는 사실 때문에 별다른 게 없다면 부르지 않기로 했다.

물론 강제로 부를 수 있는데다가 필요에 따라 역소환이 가능하다는 장점도 있다.

꽤나 높은 산이다 보니 어느새 구름을 지나고 있었다.

현실에서 이만한 높이의 돌산을 그냥 오를 수 있는 인간이 있을까 싶을 정도로 엄청난 높이였지만 특별히 심하게 힘들다면 느낌은 받지 못했다.

아무래도 육체적 능력역시도 어마어마하게 발달했지만, 그보다 사기급의 아이템들을 사용한 등산이다 보니 그런 것이다.

"이 돌산 위에 몬테크리스톤가 뭔가 하는 놈이 있는 건가?"

커서가 돌산 꼭대기를 가리키고 있으니 하는 말이었다.

"앙테크리스트다 주인."

"뭐, 그게 그거지."

"어떻게 앙테크리스트 같은 엄청난 포스의 이름을 잊어버리는 거냐?"

"엄청난 포스는 개뿔이, 그리고 너 어째 엄청 기어오른다는 느낌인데?"

"딸꾹!"

"내가 착각한 건가?"

"다, 당연히 차, 착각이다. 주인."

"그렇겠지?"

"당연하다."

비행마법을 펼치며 소매로 이마를 닦는 주코.

잘못하다간 커서에 붙잡혀 이 높은 곳에서 바닥까지 패대기쳐질지도 모른다는 공포감에 긴장을 하고 있던 탓이다. 피도 눈물도 없는 주인이라면 그러고도 남을 인간이라며 식은땀을 흘리고 있었다.

"경치 한 번 죽인다."

구름 위까지 올랐더니 발아래가 온통 흰 구름들로 뒤덮여 있다.

마치 구름의 바다 위에 삐죽 솟아나온 높다란 암초에 표류하고 있는 것 같은 기분이랄까.

던전이라고는 하지만 이곳도 하나의 또 다른 세계다.

하늘도 있고, 태양도 있고, 바다도 있다.

물론 던전에서의 생활시간이 길면 길수록 생존확률이 떨어지는 관계로 먼 곳까지 가는 사람이 거의 없으니 던전이 얼마나 광활한 곳인지 확인한 사람은 없다.

100개의 던전이 100개의 세상인지, 아니면 그 100개의 세계가 사실은 하나의 공간인지 누구도 확인해본 사람은 없는 것이다.

그렇게 생각해보면 이런 미지의 세상에 대해 인간이 알고 있는 내용이라고 해봐야 얼마 되지 않는다. 기껏해야 출현하는 몬스터 수백여 종류에 대한 정보가 거의 대부분인 것이다.

구름 너머 먼 곳을 바라보며 생각에 잠겨있는 사이 커서가 눈앞에서 자꾸 위로 올라갈 것을 재촉하고 있었다.

화살표가 위쪽을 향하며 계속 깜빡거리는 꼴이 꼭 그렇게 보였던 것이다.

"알았다. 알았어. 올라가면 될 거 아냐."

그렇게 말하고는 다시 자리에서 일어나 위로 이동의 팔찌를 뻗으며 산위를 오르기 시작했다.

그렇게 20여분 정도가 흘렀을까?

드디어 까마득하기만 하던 정상이 보이기 시작했다.

마치 우주라도 뚫고 올라갈 듯 보이던 돌산의 정상도 끝이 보이니 활력이 솟았다.

그런데 그 정상이 보이자 곧이어 커서가 부르르 떨었다.

[미션]

"미션? 지금 미션 중이었던 거 아니었나?"

앙테크리스트를 처단하는 미션 중에 또 다른 미션이 생성되고 있었다.

[전설의 무투가 포타를 찾아 그의 스킬을 얻어라.]

[과거 크레만의 파괴자라 불리던 포타의 '신체 각성'은 그가 진정한 주먹왕이 되게 해준 결정적 스킬이다.]

[만약 미션을 해결하지 못할 시엔 그냥 기존 미션으로 넘어간다. 단, 미션을 실패할 경우 다음 미션을 진행하기 어려울 수 있다.]

[미션 수행까지 남은 시간 12시간.]

[미션을 수행할 아이템이 주어집니다.]

인벤토리에 '멈춤의 키'라는 아이템이 생성되었다.

기다랗게 생긴 사각 기둥의 모양인 붉은색의 금속으로 붉은 광택과 표면에 살짝 튀어나온 벌집모양의 육각무늬가 인상적이다.

[멈춤의 키]

[일정 시간동안 대상의 작동을 멈추게 만든다.]

[1회만 사용 가능하다.]

"작동을 멈추게 한다?"

고개를 잠시 갸웃거린 유정상이 미션의 내용을 다시 한 번 살폈다.

"전설의 무투가라……. 주코, 너 포타란 작자에 대해 아는 게 있어?"

"마계 쪽이라면 모를까 다른 세계에 대해서는 잘 모른다."

주코가 고개를 가로 젓자 코끝을 한번 찡그린 유정상이 잠시 머리를 긁적이다 커서가 가리키는 방향을 확인했다.

"흐음, 저 산 위에 설마 그 포타라는 자가 있다는 건가?"

유정상이 다시 이동이 팔찌를 이용해 위로 오르기 시작했다.

그리고 잠시 후 꼭대기에 다다랐다.

정상은 생각보다 넓은 장소로 평평한 바닥이 인상적이다. 그 가운데 커다랗게 놓인 바위하나가 있어 그곳에 가까이 다가갔다.

그런데 그 바위에 알 수 없는 문자가 새겨져 있다.

커서를 가져가 확인해보자 말풍선이 생겨나며 글을 해석해 준다.

[이곳에 브레아 대륙의 영웅이자 크레만의 파괴자 포타가 잠들어 있다.]

"뭐야? 잠들어 있어? 이거 무덤이잖아!"

황당하게도 포타란 인물을 찾아 스킬을 얻으라는 미션을 받은 지 얼마 되지도 않았다. 그런데 그의 무덤을 발견하고 말았다.

하지만 이상하게도 미션실패라는 메시지는 떠오르지 않는다.

아무래도 커서에 버그라도 생긴 건 아닐까 생각하며 고심하고 있는데 주코가 다가온다.

"주인. 여기 흐르는 기운이 조금 이상하다."

"이상하다니?"

"산꼭대기인데 마나의 흐름이 미묘하게 엉겨있다."

"그게 무슨 말이지?"

"이곳은 강한 힘에 의해 통제받고 있는 장소 같다."

"통제? 누구에게?"

"그건 나도 모른다. 그냥 그런 것 같다는 거다."

주코가 나름 심각하게 말하고 있는 모습이 그리 어울리지는 않지만 어쩐지 그냥 넘길만한 말은 아닌 것 같았다.

하지만 어쨌거나 이곳이 심상치 않은 장소라는 건 느낌으로도 알 수 있었다.

그런데 바위 위에 새겨진 글자 위에 시계모양의 그림이 흐릿하게 보인다.

시계가 왜 그려져 있을까 하는 생각에 무심코 그것을 바라보고 있는데 뭔가 이상한 변화를 목격했다.

"어?"

유정상의 눈이 살짝 커졌다.

바위 위에 정밀하게 새겨진 시계의 바늘이 방금 까닥거리며 움직인 것 같은 기분이 들어서였다.

분침이라 정확하지는 않지만 그래도 이상하다는 생각을 하며 다시 시계를 뚫어져라 바라본다. 그런데 다시 어느 정도 시간이 지나자 분침이 까닥거리며 움직였다.

"헐. 이거 뭐야?"

바위에 새겨진 시계가 움직인다는 건 상식적으로 이해하기 힘든 일이다.

"마나의 힘이 느껴지는 시계다."

"마나 시계? 설마 저 시계의 배터리가 마나란 거냐?"

"잘은 모르지만 어쨌든 저 시계그림에 마나의 힘이 작용하는 건 사실이다."

놀랍게도 바위위에 실제로 움직이는 시계가 새겨져 있다니 아니 그보다 누가 이곳까지 올라와서 시계를 본다는 말인가?

조금 이상하다는 생각을 하는데 시계의 위쪽에 조그마한 홈이 나 있다.

처음엔 그저 자연스럽게 생겨난 구멍이 아닌가 싶었다가 곧 구멍의 모양이 긴 사각형의 모양이라는 사실을 확인하고는 잠시 생각에 잠겼다가 뭔가 떠오른 것이 있어 인벤토리를 열었다.

멈춤의 키.

크기와 모양과 비슷해 보인다.

혹시나 하는 생각에 멈춤의 키를 인벤토리에서 꺼내 그 것에 맞춰보았다.

그리고 붉은 쇠가 그 구멍에 정확히 들어맞았다.

"딱 맞네?"

[멈춤의 키가 '아공의 시간' 을 멈추게 만들었습니다.]

[키의 영향력이 미치는 동안은 시간이 흐르지 않습니다.]

"시간이 흐르지 않아? 그럼 멈췄다는 거야?"

그렇게 말한 유정상이 주변을 둘러보니 과연 돌산 아래의 구름이 움직임을 멈춘 것처럼 보인다. 거기다 이제까지 느껴지던 바람도 사라져버렸다.

유정상이 황당해하며 머리를 긁적였다.

이제부터 뭘 해야 할지 알 수가 없었기 때문이었다.

그런데 그때였다.

쿠르르르르르르.

"어?"

"삐?"

"우왁!"

바닥이 심하게 울리며 흔들리자 주코는 곧바로 비행마법으로 몸을 날렸고 놀란 백정도 유정상의 어깨에 올라섰다.

마치 돌산이 일순간에 무너지기라도 할 듯 요란하게 흔들리기 시작했다. 그 때문에 유정상도 만약을 위해 드레이크를 소환할 준비를 했다. 그런데 어느새 그것이 멈추더니 글자가 새겨진 바위가 옆으로 미끄러지듯 이동했다.

그그그그그그.

그리고 바위가 밀려나고 나타난 커다란 구멍.

유정상이 호기심에 바닥에 생겨난 구멍 쪽으로 다가갔다.

"이거 뭐야?"

"기분이 안 좋다. 이 구멍."

마치 커다란 우물처럼 보이는 암흑의 구멍을 내려다보고는 주코가 인상을 잔뜩 찌푸리며 말했다.

그런데 그 구멍 속으로 보이는 계단이 보인다.

지름 5미터 정도의 둥그런 구멍을 중심으로 벽 쪽을 타고 아래로 내려가는 나선모양의 계단이었다.

구멍은 어둠 때문에 그 깊이를 가늠할 수 없었다.

그것을 잠시 내려다보고 있으니 주코가 다가와 유정상에게 물었다.

"주인, 설마 여기 내려갈 생각인가?"

"그럼. 내려가야지. 미션이니 당연한 거 아니냐?"

"난 그냥 이곳에서 기다리면 안 될까?"

"그렇게 해."

"고맙다."

"고맙긴, 그냥 너랑 계약파기하면 그만인데."

"크억!"

"삐삐삐삐"

백정이 재밌는지 고개를 옆으로 까닥거리며 웃는다.

그 모습을 잠시 노려보던 주코가 어깨를 축 늘어뜨리더니 곧 아무 일도 없었다는 듯 싱글거린다. 그리고 뭔가 선서라도 하듯 오른손을 번쩍 들고 소리쳤다.

"나, 주코는 그 어떤 어려움이 있더라도 주인과 함께 한다!"

콩.

"아야!"

하지만 결국 유정상에게 꿀밤을 얻어맞고 말았다.

그리고 곧이어 깊은 바닥의 나선계단으로 발걸음을 옮겼다.

한발 한발.

계단을 내려가는 동안 주코는 유정상을 따라 걸으며 주변을 정신없이 두리번거린다.

"야, 정신사납다. 넌 비행마법으로 내려가면 되지 뭣 하러 번거롭게 계단으로 내려가는데."

"밑에서 뭐가 튀어나올지 모르는데 눈에 띄는 짓을 할 수는 없다."

"헐, 정말 할 말이 없구만."

"삐이이이."

백정도 졌다는 표정으로 고개를 가로저으며 유정상을 따라 계단을 사뿐히 폴짝거리며 내려갔다.

그렇게 내려가다 보니 점점 주변이 어두진다.

발광석 하나를 인벤토리에서 커서로 꺼내 주변을 비춘다.

모두 팔지 않고 인벤토리에 남겨두었는데 이렇게 유용하게 쓸 기회가 생긴 것이다.

그러나 발광석의 빛을 비추어도 계속 끝이 보이지 않는 구덩이와 계단.

한참을 그렇게 내려가다 보니 얼마나 내려왔는지 감도 없다.

"주인. 아직 멀었나?"

"내가 어떻게 알아?"

"힘들다. 주인."

"그럼 비행마법으로 날면 되지."

"안 그래도 그러려 했는데 이상하게 마력이 모이질 않는다."

"응? 정말?"

"그렇다."

어쩐지 투덜이 주제에 힘들다고 징징거리면서도 비행마법을 시전하지 않는다했더니 그런 사정이 있었던 것이다.

그러고 보니 유정상의 마나도 조금씩 줄어들고 있는 게 보인다.

커서도 마나를 사용하고 있으니 보충되지 않는다면 줄어드는 건 당연하다.

아무튼 뭔가 묘한 얼굴이 되어 버린 유정상이 살짝 미간을 찌푸리더니 곧 다시 아래를 향해 내려간다.

마나가 모이지 않는다는 사실이 조금 거슬렸기 때문이다.

던전 내에서 마나가 없는 장소가 있을 거라고는 전혀 예상하지 못했기 때문이었다.

어쨌든 어떤 힘이 이곳에 작용하고 있다는 건 분명하다.

그리고 그렇게 다시 한참 동안이나 걸어 내려간 뒤에야 슬슬 바닥이 보인다.

그런데 전혀 예상하지 못한 일이 벌어졌다.

"물? 어째서 바닥에 물이 가득 차 있는 거야? 이래서야 어디론가 이동하는 건 불가능하잖아."

놀랍게도 계단의 끝에 닿아 있는 건 물이었다.

그런데 내려오던 통로와 달리 계단의 끝은 주변이 넓은 공간이 온통 물로 가득 차 있다.

마치 새로운 지하세계의 호수 한가운데 있는 것 같은 기분이었다.

천장 높이는 대략 4, 50미터 정도에 사방이 눈에 다 들어오지 않을 정도로 넓으며 간간이 기둥이 서 있는 모습도 보인다.

넋을 잃게 만드는 거대한 규모의 지하공동이었지만 바닥에 이렇게 물이 가득 차 있는 상태니 난감하기만 하다.

"수영이라도 해서 건너가란 말인가?"

유정상이 커서를 바라봤지만 보통 때의 모습이다.

커서는 이곳에 내려오면서도 전혀 방향을 지시하지 않고 있었으니 유정상이 가야할 장소가 명확하지 않았다.

"알아서 찾으라는 말이군."

"주인. 이제 어떡하지?"

비행마법을 펼칠 수 없으니 주코도 난감한 상황인 것 마찬가지 상황.

그런데 그때 먼 곳에서 뭔가 물을 가르며 다가오는 게 보였다.

삐걱. 삐걱.

유정상이 긴장한 얼굴로 그곳을 향해 바라보며 커서를 움직여 발광석을 비춘다.

당장은 빛이 작용하는 곳이 아니라 자세히 보이지 않았지만 곧 그 정체를 확인했다.

그건 낡아 보이는 작은 쪽배였다.

"허."

유정상이 살짝 어이가 없다는 듯 그것을 바라보며 헛웃음을 지었다.

느닷없이 이런 곳에 쪽배라니. 이걸 어떻게 받아들여야 한다는 말인가?

그도 그럴 것이 이곳은 어쨌든 던전안의 세상이다.

던전 안에서 인간의 흔적을 찾는 건 거의 불가능하다. 물론 커다란 도마뱀과의 싸움 후에 동굴에서 유적 같은걸 발견한 경험이 있긴 해도 그건 어쨌든 과거의 물건이었지 현재는 아닌 것이다. 그러나 쪽배는 어찌되었건 누군가 배를 운전하고 있을 터. 이런 장소에서 만날만한 물건은 아닌 것이다.

그리고 잠시 후 쪽배위에 누군가 있다는 것도 확인했다.

삐걱. 삐걱.

낡은 배위에서 힘겹게 삿대를 젓고 있는 조그마한 인영이 보인다.

어느 정도 다가오자 그 모습을 확인한 유정상의 눈이 커졌다.

삿대를 젓고 있는 이가 인간이 아니었기 때문이었다.

"고, 고블린?"

몸이 잔뜩 굽은 늙은 고블린이 낡은 천 쪼가리 같은 누더기로 온몸을 뒤집어 쓴 채 삿대를 젓고 있었던 것이다.

그 모습을 황당한 얼굴로 바라보던 유정상이 경계하는 눈빛으로 검을 오른손에 장착했다.

척.

우타슈의 마검이 손에 쥐어지자 늙은 고블린이 삿대질을 멈추고 고개를 들었다.

"그렇게 경계할거 없네. 그저 배를 태워주려는 것뿐이니까."

놀랍게도 늙은 고블린의 입에서 나온 건 인간의 언어였다.

하지만 자세히 입 움직임을 보면 마치 더빙영화처럼 미묘하게 소리와 다르다.

유정상에게 어떤 방식으로 통역이 되어 들리고 있다는 뜻이다.

"소통마법이다. 주인."

"뭐?"

"언어가 다른 종족들끼리의 대화에 쓰이는 마법종류다. 따지고 보면 주인과 나도 그렇게 대화하고 있는 거다."

하긴, 주코도 계약과 동시에 언어가 통했으니 비슷한 종류일 것이다. 하지만 저 늙은 고블린과 유정상과는 아무런 교감의 계약이 이뤄지지 않은 상태였으니 어째서 이런 마법이 작용하고 있는지는 알 수 없다.

하지만 그런 사실이 지금 중요한 건 아니다.

"재미난 녀석을 데리고 있군."

늙은 고블린이 주코를 바라보며 흥미롭다는 듯 말했다.

하지만 늙은 고블린의 눈빛에 흠칫 떨던 주코가 소리쳤다.

"날 잡아먹으려다가는 주인에게 뒈지게 맞을 거다!"

이미 마법을 잃은 주제에 큰소리치는 주코였다.

하지만 늙은 고블린은 그런 주코의 모습을 보며 재미있다는 듯 껄껄 웃었다.

"그렇지. 네 말대로 그런 짓을 하려다가는 저 젊은 인간에게 죽을지도 모르겠구먼. 헐헐."

능청스런 늙은 고블린의 말에 유정상이 미간을 찡그리며 물었다.

"도대체 넌 정체가 뭐지? 어째서 우리들을 배에 태우겠다는 거야?"

"뱃사공이 손님을 태우는 건 당연한 일이 아닌가."

"우리가 손님?"

겉으로 보기엔 늙은 고블린의 말은 틀린 것처럼 들리지는 않는다.

유정상의 입장에선 이곳을 건너가야 할 입장이었고, 고블린은 뱃사공이 분명해 보이니까.

"그렇지. 그리고 이 물속에는 고약한 녀석들이 있어서 수영 따위로 건너가려고 하다가는 몹쓸 짓을 당할지도 모른다네."

그 말에 유정상이 주변을 둘러봤지만 물은 그저 고요하게 흐를 뿐이었다.

"물속에 몬스터라도 있다는 말이냐?"

"대단한 놈들은 아니지만 처음 접하면 조금 당황할 수는 있겠지."

그렇게 말하더니 삿대를 들고 물속을 꾹 찌르는가 싶더니 그것을 들어올린다.

"끄에에에엑!"

퍼덕거리는 무언가가 삿대 끝에 매달려 있다.

미끄덩거리는 검은 피부, 1미터 정도의 가늘고 긴 몸을 가지고 있으며 머리통은 물고기를 닮아 있지만 비상식적으로 크다. 얼핏 가분수로 보이는 괴물이었는데 이빨이 톱처럼 날카롭고 사나워 보인다.

"이게 보기보다는 사납다네."

"그래 보여."

"그런데 이런 놈이 이곳에는 많지. 물론 더 사나운 녀석들도 제법 있지."

계속 퍼덕거리는 물고기 몬스터를 바라보는 유정상의 표정이 살짝 굳어졌다. 이런 놈만 있어도 수영을 한다는 건 자살행위나 다름없다.

유정상의 표정을 읽은 늙은 고블린이 삿대 끝에 매달려 있던 물고기를 먼 곳으로 던졌다.

그러자 그 물고기가 떨어진 곳에서 파파팟 거리며 물들이 사방으로 튄다.

물고기의 피 냄새를 맡은 수중 몬스터들이 몰려들어 갈가리 찢어버리는 모습에 주코가 몸을 부르르 떨었다.

"우리를 어디로 데려다 줄 참이지?"

"난 그저 물이 없는 곳에 데려다 줄 뿐일세."

"왜 우리에게 그런 호의를 베푸는 거냐?"

"글쎄, 그건 나도 모르겠군. 단지 그렇게 해야 한다는 생각만 들 뿐이라네."

"그럼 우리가 온건 어떻게 알고 찾아온 거지?"

"궁금한 것이 많은 친구로군."

"대답하기 싫으면 안 해도 돼. 강요하는 건 아니니까."

"그리 대단한 질문도 아닌데 싫은 것까지야 뭐 있겠는가."

"……."

"기척을 느꼈으니 호기심에 온 것이고 건너려는 자들이 있으니 배를 태워주려는 것뿐이지."

뭔가 수상한 고블린이기는 했지만 그에게서 특별히 나쁜 의도는 보이지 않았으므로 그냥 배에 오르기로 결정했다. 어째서인지는 모르지만 늙은 고블린에게서 호감이 느껴진 탓도 있었다.

그렇게 쪽배에 오르려하자 주코가 말리더니 유정상에게 귓속말로 속삭였다.

"주인 저 고블린 놈을 어떻게 믿고 탄다는 거야? 만약 저 늙은 놈이 우리를 배신하고 배를 저 괴물들이 우글거리는 호수 중간에서 뒤집기라도 하면 어쩔 셈이야?"

만약 그런 일이 벌어진다면 유정상이 죽을 수도 있다.

그렇게 유정상이 죽어버린다면 주코도 죽을 수밖에 없다.

유정상이 살아있을 때야 소환수로서 죽더라도 다시 부활의 기회가 있지만 죽어버린다면 계약은 자동 해지가 되고 유계에 있는 진짜 생명은 이곳으로 이전되어 버린다.

그렇게 되면 이곳의 육신이 본체가 된다.

그 상태로 물에 빠진다면 어찌될지는 뻔한거 아닌가?

'그럼 정말로 죽겠지.'

하지만 유정상은 그런 주코의 반응에도 시큰둥하며 툭 말을 던진다.

"그럼 이곳에서 기다리던가."

그건 더 있을 수 없는 일이다. 마력도 느낄 수 없는 컴컴한 곳에서 혼자 얼마나 버틸 수 있을지 자신도 장담할 수 없으니 당연한 일이었다.

백정은 유정상이 쪽배에 오르자 냉큼 따라 올랐다.

그러자 어깨를 축 늘어뜨린 주코도 어쩔 수 없다는 듯 그를 따라 배에 올라탔다.

모두 배에 오른 것을 확인한 늙은 고블린이 다시 삿대를 저었다.

"이곳에 누군가 찾아온 것도 참 오랜만이군."

늙은 고블린이 입을 열었다.

"혹시 다른 이는 없는 거야?"

"고블린은 나 혼자뿐이라네."

"고블린 말고 다른 종족은?"

"인간 말인가?"

"그래."

"대화가 가능한 그 어떤 종족도 이곳에는 없네. 나 역시 이런 대화가 얼마만인지 기억이 가물거릴 정도라네."

늙은 고블린의 말이 사실이라면 일단 유정상이 찾는 사람이 이곳에 있을 가능성은 희박하다.

"주인."

"왜?"

"주인 미션이 그 뭐냐? 누구랬지? 아무튼 찾아야 하는 거잖아."

"포타. 전설의 무투가라고 하던데."

유정상의 말에 늙은 고블린이 살짝 움찔거렸다. 그러나 그것을 눈치 챈 이는 아무도 없었다.

"그래. 누가 됐건. 아무튼 아무도 없다는데 그럼 어떻게 찾겠다는 거야?"

"뭐, 시체라도 찾으면 뭔가를 찾을 수 있을지도 모르지."

"시체? 벌써 썩어 없어졌는지 아니면 물속에 있는 괴물에게 다 먹혀버렸는지 어떻게 알아? 아니 솔직히 커서 저놈이 살짝 맛이 가버려서 미션을 잘못 내렸는지도 모르잖아."

"그래도 이왕 왔으니 찾아는 봐야지. 꼭 그를 만나야 한다는 내용은 없었으니 그가 남긴 무언가를 찾으라는 뜻일지도 모르지."

"그럴거면 힌트라도 주던가. 이렇게 막막한 상태로 어떻게 찾으라는 거야?"

"그게 싫으면 지금이라도 내리든가. 그나저나 너 쫑알대는 게 아주 많이 컸네."

"……."

유정상의 날선 시선을 피한 주코가 왔던 방향을 향해 돌아보았다.

이미 배는 계단에서부터 한참 멀어진 상황.

그곳까지 가려면 헤엄을 칠 수밖에 없다. 그러나 물속에 있는 마물들을 생각하면 도저히 그런 짓을 할 수는 없는 일이다.

소환수라서 부활이 가능하다고 해도 결국 죽음의 고통이 겁나지 않을 리 없다.

거기다 유정상의 평상시 행동을 보면 정말 자신을 물 속으로 던져버릴지도 모를 일이다.

쪽배 한쪽으로 간 주코가 구석에 찌그러져 있었다.

그렇게 물위에 낡은 배가 삐걱거리며 이동하는 사이 잔잔한 호수 표면에 이리저리 뭔가가 움직이고 있다.

푸아아아.

커다란 괴생명체가 입을 쩍하니 벌리며 물위로 한번 올라왔다가 다시 사라지는 모습이 보인다. 그 크기만 해도 쪽배의 다섯 배는 가볍게 넘을 것 같은 괴물이지만 어쩐 일인지 다가오지는 않았다.

처음엔 그저 고래처럼 순한 놈인가 했더니 갑자기 튀어올라와서는 공중에 매달려 있는 커다란 거미 같은 몬스터를 덥석 물고는 물속으로 사라지는 모습을 보고 나니 그런 마음도 사라진다.

거기다 다른 괴물들도 배 주변에서 보였다 사라지기를 반복하니 백정과 주코는 이리저리 주변을 두리번거리며 잔뜩 긴장할 수밖에 없었다.

유정상 역시도 로브를 뒤집어 쓴 상태라 그저 담담해 보일 뿐 속내는 제법 긴장하고 있었다. 그나마 블랙로브가 발산하는 기운 덕택에 이만큼이라도 자신을 컨트롤 할 수 있었던 것이다.

하지만 늙은 고블린은 그저 평온하게 삿대만 저을 뿐이었다.

마치 아무 일도 없는 고요한 호수를 건너가는 늙은 뱃사공처럼 보이는 게 주변과 묘하게 대비되고 있었다.

그렇게 한참을 주변의 공포스러운 모습을 바라보며 셋이 배에 얌전히 앉아있는데 어느새 배가 도착을 했다.

"도착했네."

늙은 고블린의 말에 모두 배에서 내렸다.

이제야 소름끼치는 호수를 지나왔다고 생각하니 마음이 놓이는지 주코가 바닥에 털썩 주저앉았다.

"휴우. 저런 호수가 마계가 아닌 이런 곳에도 존재하다니 많이 놀랐다."

"마계에도 저런 호수가 있어?"

"나도 가본적은 없지만 소문으로는 저런 무시무시한 호수가 여럿 있다고 들었다."

그런 말을 하면서도 순간 흠칫 떠는 주코를 보며 늙은 고블린이 호기심어린 얼굴로 물었다.

"재미있는 곳이겠구먼."

"재미라니. 늙은이 미친 거 아니야?"

"끌끌."

"왜 웃어! 기분 나쁘게."

꽁.

"아야!"

"거 시끄럽네."

유정상의 꿀밤에 입을 삐죽거리는 주코를 보며 다시 웃는 늙은 고블린.

"어쨌든 태워줘서 고마워."

"아닐세. 나도 오랫동안 적적했는데 즐거웠다네."

"그런데 이곳은 바깥으로 이어지는 길이야?"

호수가 끝나는 지점부터는 지하의 천장이 더 높고 더 넓은 느낌이었다.

실내이기는 해도 동굴 벽에 붙어 있는 발광석 덕분에 주변이 그리 어둡지만은 않았다. 그런데 완전한 정글의 모습처럼 열대지방의 식물들이 주변에 깔려있고 숲이 우거져 있었다. 덕분에 그냥 조금 어두운 느낌의 정글에 온 기분이었다.

"그렇다네. 이쪽으로 쭉 가면 바깥으로 나가는 길이 있지."

늙은 고블린의 손가락이 한쪽 방향을 가리킨다.

그 쪽을 한번 바라본 유정상이 알겠다는 듯 고개를 끄덕였다.

"알았어. 그럼 이만 가볼게."

출구방향만 확인하고는 미션을 위해 이곳을 뒤지고 다녀야한다.

늙은 고블린과 작별하고 떠나려 하는데 유정상을 불러세운다.

"그런데 아까 포타라는 이름을 가진 자를 찾는다고 했지?"

"응. 알고 있어?"

"들어는 보았지. 그런데 그는 이미 100년 전에 모습을 감췄다고 들었는데 어째서 그를 찾는 건가?"

"100년 전?"

생각보다 오래전의 인물이라는 사실에 놀라고 말았다.

설마 100년이라는 이야기가 나올 줄은 몰랐기 때문이다.

그리고 100년 전이면 살아있기는커녕 그의 흔적이 남아있을지조차 의문이었다.

"그 양반 도대체 언제 적 사람이야?"

"주로 활동하던 시기는……. 여기서 살다보니 시간개념이 없어서 클클. 아무튼 대충 200년 전쯤이었을 것이야."

"그럼 살아있다면 적어도 200살은 넘었겠군."

"어디보자. 그래. 아마 350살 정도 되었겠지."

"크헉."

100년전에 모습을 감추고 지금 살아 있다면 350살이라는 건 결국 마지막에 그는 250살이었다는 거다.

유정상은 어떻게 그렇게 오래 살아 있는 인간이 있을수 있을까 생각하다가 문득 그도 이 늙은 고블린처럼 인간이 아닌 다른 종족이 아닐까하는 생각을 했다.

"내가 이럴 줄 알았어. 그래서 처음부터 이상하다고 했잖아."

주코가 투덜거렸지만 유정상은 녀석을 무시하고 늙은 고블린에게 물었다.

"포타가 남긴 유물이 이곳에 혹시 있어?"

"유물이라면 잘 모르겠군. 그런데 그를 왜 찾는 거지?"

"개인적인 사정이 있어서 말이지."

"개인적인 사정?"

"뭐, 그를 찾아 그의 스킬을 이어받아야 하거든. 그런데 죽었다니까 그가 남긴 유물이나 유서 같은 거라도 찾아봐야겠어."

곤란하다는 표정으로 이야기하는 유정상의 말에 주코가 끼어들었다.

"주인. 이번 미션은 포기하자."

"미션 포기하면 다음 미션을 클리어하기 힘들다잖아."

"그래도 이런 곳에서 어떻게 찾으라는 거야?"

"그의 스킬을 받아야만 몬테크리스토를 처단할 수 있다잖아."

"젠장, 앙테크리스트라니까!"

"어쭈!"

그런데 주코의 말에 늙은 고블린이 크게 놀라며 물었다.

"앙테크리스트? 지금 앙테크리스트라고 했나?"

갑작스런 늙은 고블린의 반응에 깜짝 놀란 유정상이 되물었다.

"그놈에 대해 알고 있어?"

"그놈 아직 살아 있다는 건가?"

"……?"

"그놈이 살아 있는 거 맞는 건가?"

"뭐, 그놈 때문에 내가 이곳까지 왔으니 아마 그럴걸? 확인한 건 아니지만."

그런데 곧바로 주코가 소리쳤다.

"살아 있어!"

주코의 말에 늙은 고블린의 표정이 심상치 않아 보인다.

"확실한가?"

"확실해."

주코가 고개를 힘차게 끄덕였다.

"이거 봐. 이런 곳에서까지 알려진 놈이라니까. 그런 괴물을 상대하라는 미션이 정상이냐고."

주코가 유정상에게 따지듯 말하자 유정상이 눈을 번쩍인다.

"익!"

그런데 늙은 고블린의 몸이 부들거리며 떨리기 시작한다.

"왜 그래?"

하지만 늙은 고블린은 유정상의 질문에 대답하지 않고 낡은 지팡이를 짚고는 곧바로 배에서 내려서는 어디론가 절뚝거리며 걸어간다.

"따라오게. 해줄 이야기가 있다네."

그 말에 주춤거린 유정상이 곧 그를 따라가자 주코가 뒤에서 백정이를 향해 투덜거린다.

"내말은 곧잘 무시하면서 만난 지 얼마 되지도 않은 늙은이의 말은 너무 쉽게 믿는 거 아니야? 너도 그렇게 생각 안 해?"

하지만 주코의 말에도 백정이 별다른 반응 없이 유정상을 뽈뽈거리며 따라가자 인상이 와락 일그러졌다.

"이런 배신자 녀석."

원망이 담긴 말에도 백정은 아무런 반응 없이 유정상의 뒤만 따라 갈뿐이다.

그 모습을 못마땅하다는 듯 바라보던 주코도 결국 한숨을 한번 내쉬고는 빠른 걸음으로 유정상의 뒤를 따라갔다. 못마땅하긴 해도 여기 혼자 남는 건 더 싫었기 때문이었다.

열대우림의 숲이 우거진 정글지대였지만 어쩐 일인지 몬스터의 습격은 없었다.

이정도의 숲이라면 분명 뭐라도 튀어나올 줄 알았지만

별다른 몬스터의 모습은 보이지 않았다.

"어? 여긴 마력을 얻을 수 있다. 마나가 풍부하다."

주코가 주변을 두리번거리며 좋아한다.

짧은 시간이었지만 마력을 발휘하지 못하는 술사들은 그야말로 몬스터들의 가장 좋은 먹잇감일 뿐이다. 물론 죽어도 소환수인 이상 유정상이 죽지만 않으면 다시 부활은 할 테지만.

"나도 느껴져."

유정상도 디스플레이 화면 속 푸른색의 마나바가 다시 차오르는 모습을 보았으니 당연히 알고 있었다. 그런데 이곳은 일반 던전에 비해 특히나 마나가 풍부한지 마나가 차오르는 속도가 빠르다.

"이곳은 마나가 응축된 곳이라 다른 곳보다 풍부한 곳이지."

유정상의 생각을 읽기라도 한 것처럼 늙은 고블린이 뒤를 돌아보지도 않은 채 말했다.

뭔가 처음 볼 때부터 느꼈지만 고블린임에도 마치 인간처럼 느껴지는 이상한 존재였다. 물론 인간의 언어를 사용한다는 것도 큰 이유일테지만 그것만으로 그렇게 생각되는 건 아니었다. 정확히 설명하기는 어렵지만 행동 하나하나에서 어쩐지 인간에 가까운 삶과 같은 게 느껴진다.

"다 왔네."

"나무가 엄청 크구나."

유정상이 엄청나게 큰 나무를 보며 머리를 쳐들고 놀라워했다.

던전에서 커다란 나무들을 많이 보긴 했었지만 얼핏 봐도 100미터는 넘어 보이는 높이의 나무는 처음이었다.

지금 그들이 있는 지하자체가 워낙 거대해 이런 나무가 있음에도 불구하고 천장에 닿지는 않았다.

"이 지역의 생태를 관장하는 영생의 나무라네. 이 나무의 씨앗이 이곳에 우연히 자리 잡은 것도 벌써 1,000년의 시간이 흘렀다더군……."

커다란 나무에 정신을 놓고 있는 유정상에게 늙은 고블린이 이야기하며 나무아래에 있는 뿌리의 틈새로 들어간다.

자그마한 고블린이 드나들기에는 충분히 커다란 구멍이었지만 유정상은 허리를 숙이고 들어가야 할 만큼 낮았다.

그리고 다시 좁은 굴속을 지나 한동안 걸어가자 그 안에 새로운 장소가 나타났다.

지름 6미터 정도의 원형의 장소였는데 거실이나 방처럼 보인다. 위로는 길게 구멍이 뚫려있는 특이한 공간이었다.

어쨌건 좁은 길을 움츠리고 지나는 것이 고역이던 유정상에게는 허리를 펼 수 있다는 것만으로도 고마운 장소였다.

그때 늙은 고블린이 몇 개의 의자를 내와서는 유정상에게 권했다.

"앉게."

하지만 의자가 너무 작아서 엉덩이를 걸치려다 포기하고는 그냥 바닥에 주저앉았다.

물론 주코야 덩치가 작으니 의자에 앉을 수 있었다.

늙은 고블린이 곧바로 물었다.

"포타는 왜 찾고 있는 건가?"

"자세한 건 개인적인 거라 말해줄 수 없다고, 아까 사정상 그의 스킬을 이어받아야 할 상황이 되었다고 이야기 했잖아. 사실 포타란 작자가 살아있다면 모를까. 이미 죽은 사람이라니 지금은 혹시 인연이 닿는지 시험 삼아서 그의 유품이나 좀 찾아볼 생각이야."

"살아 있을지도 모를 일 아닌가?"

"100년 전에 행방불명된 자가 살아 있기를 바랄 수는 없잖아."

"그건 모를 일이지."

뭔가 의미심장한 늙은 고블린의 말에 유정상이 눈을 반짝이며 물었다.

"당신, 포타에 대해 아는 게 많은 모양이야?"

"그렇네. 아마도 나만큼 그에 대해 많은걸 아는 이가 없을 것이네. 내가 바로 포타니까."

그 말에 뭔가가 의심스러워서 먼저 물었던 유정상은 충격에 짧은 숨을 들이마셨고 옆에서 조용히 듣고만 있던 주코마저 놀라 의자에 앉은 채로 벌러덩 뒤로 넘어져 버렸다.

콰당.

"아야!"

의자가 넘어지는 바람에 뒤로 뒹굴었던 주코가 황당하다는 표정으로 벌떡 일어서더니 다시 소리쳤다.

"거짓말하지마! 늙은이. 겨우 고블린에 불과한 네가 전설의 무투가일 리가 없잖아."

주코의 말에 늙은 고블린이 고개를 끄덕이며 대답했다.

"그래. 난 전설의 무투가는 아니지."

"거봐. 거짓말이지. 주인. 늙어 노망이 난거라고."

"전설의 무투가라는 건 내가 아니라 자네가 착용하고 있는 반지의 원래 주인인 이네크라는 분이네."

그 말에 유정상이 자신의 손가락에 끼고 있던 반지를 내려다보았다.

"이 반지의 정체를 알고 있었잖아."

"그는 나의 스승이시지. 그리고 그는 진정한 무투가였었네."

"이네크가 당신의 스승?"

"그렇지. 그러고 보니 세월이 엄청나게 흘렀군."

놀랍게도 유정상이 찾던 전설의 무투가는 늙어 몸이 굽을 대로 굽은 자그마한 고블린이었고, 그는 자신이 사용하는 반지의 원주인인 이네크의 제자라고 했다.

"정말 당신이 포타라고?"

유정상은 쉽게 믿기 힘들었다.

하지만 그는 포타가 잠들어 있는 곳이라고 되어 있는 비밀 던전으로 들어와서 만난 고블린이었고 또한 쪽배위에서 주위의 많은 몬스터가 노인이 모는 쪽배에 다가오지 않았던 사실을 기억하며 어쩌면 그의 말이 사실일지도 모른다는 생각을 했다.

"초라한 모습을 보니 믿지 못하겠나?"

"당연하지. 어디를 봐서 늙은이가 전설의 무투가라는 거냐? 하급 마법사라고 해도 믿을까 말까하는데."

늙은 고블린의 말에 주코가 여전히 말도 되지 않는다는 듯이 소리쳤다.

"끌끌끌."

"처음엔 행방불명되었다고 하더니 왜 갑자기 자신을 밝힌 거지?"

고블린 노인은 버릇없는 주코의 행동도 그저 귀엽다는 듯이 웃으며 여유를 부리고 있었지만 유정상은 여전히 의심을 버리지 못하고 다시 물어보았다,

그러자 잠시 침묵하던 고블린 노인이 곧 다시 입을 열었다.

"앙테크리스트가 살아 있다는 이야기를 들었기 때문이지."

"당신은 그 놈을 알고 있는 거야?"

"그 놈은 분명 스승님과 내가 죽였었다. 아니 살아 있다고 했으니 그렇게 믿고 살아온 것인지도 모르지."

"당신과 이네크가 함께 그놈을 죽였다고?"

"그래. 분명 100년 전에 놈을 죽였다. 그런데 어째서 다시 살아난 건지 알 수가 없군."

"100년 전?"

"그렇다네. 분명 놈이 죽는 것을 봤는데 어떻게 그놈이 다시 나타난 걸까?"

그런데 주코가 뭔가 생각났다는 듯 손뼉을 쳤다.

"아. 그러고 보니 앙테크리스트가 100년 전에 이계의 존재들과 큰 싸움에서 패해 80년 동안 잠들었다가 깨어났다는 이야기를 들은 기억이 나."

그 말에 스스로 포타라고 주장하는 고블린 노인이 놀란 표정으로 눈을 크게 뜨면서 주코에게 물었다.

"잠들었다가 깨어났다고?"

"그렇게 들었어."

"어떻게……? 분명 놈의 몸이 박살나는 걸 두 눈으로 확인했거늘."

"앙테크리스트는 마계에 있는 생명석을 파괴하지 않으면 완전히 죽지 않아."

"그랬군……."

그제야 상황을 이해했다는 듯이 고개를 끄덕이던 포타 노인의 미간이 찌푸려졌다.

"스승님의 생명과 내 오른쪽 다리까지 잃으며 놈을 제거했건만 결국 완전히 소멸시키지는 못했다는 거군. 그때 스승님이 돌아가시지만 않았다면 그 앙테크리스트의 생명석이라는 것을 남겨두는 실수는 하지 않으셨을 텐데 말이야……."

상황을 정확히 알 수는 없지만 꽤나 요란한 싸움이 100년 전에 있었다는 건 확실해 보였다. 물론 지구에서 일어난 일은 아니었지만 말이다.

아무튼 포타 노인은 한참을 생각에 빠져 있더니 고개를 든다. 그리고는 유정상을 바라보았다.

"아무튼 자네가 앙테크리스트를 막기 위해 찾아왔다고 했지."

"막는다고 하기는 뭐하지만 어쨌거나 놈을 제거해야하는 건 맞지. 그런데 날 제자로 받아 줄 수 있어?"

"그 전에 자네의 능력을 확인해보고 결정을 내리지."

포타 노인의 손이 유정상을 향해 뻗어지나 싶더니 곧 유정상의 상태창이 저절로 떠올랐다.

[이름: 유정상]

[직업: 커서 마스터]

[칭호: 진정한 몽키킹, 늑대의 안내자, 붉은 오크 리더, 주먹왕]

[레벨: 23]

[공격력: 320+180(이네크의 반지)+150(불꽃의 조각S)]

[방어력: 165+360(전사의 로브)]

[생명력: 780/780]

[힘: 65]

[민첩: 55+10(오우거의 탄력 부츠)]

[체력: 75]

[지능: 11]

'뭐야? 이 늙은이 내 상태창을 볼 수 있는 능력도 있나?'

자신이 부르지도 않은 상태창이 떠오르자 문득 그런 생각이 떠오른 것이다.

하지만 노인의 눈동자는 그 상태창을 바라보고 있지는 않았다. 그저 눈앞에 있는 유정상의 전신을 살필 뿐이었다.

"에너지의 균형이 맞지 않군. 뭔가 들쑥날쑥 엉망이야. 이런 능력으로 여기까지 찾아오다니 그저 운이 좋은 바보인건가?"

"무슨 소리를 하는 거야. 영감. 우리 주인은 드레이크도 잡았다고."

"호. 그런가? 그건 좀 놀랍군. 뭔가 특별한 능력이 또 있는 모양이로군?"

아마도 보이지 않는 능력인 커서를 말하는 것이리라.

하지만 굳이 그것에 대해 이야기하지는 않았다.

그런데 그 순간 어마어마한 기운이 포타 노인에게 집중되는가 싶더니 곧바로 유정상을 향해 뻗어왔다.

파앗.

카앙!

노인은 그저 지팡이를 짚고 의자에 가만히 앉아만 있을 뿐이었는데 어느새 엄청난 기운이 유정상에게 쏟아졌다. 그런데 그것을 커서 방패가 나타나더니 막아버렸다.

커서의 방패가 움직였다는 것은 그 엄청난 기운이 사실은 유정상에게 충분히 피해를 줄 수 있는 공격이라는 의미였다.

"호오. 이거 재밌는 기술을 가지고 있구만. 그래. 그래서 드레이크를 잡았고, 거기다 여기까지 올수도 있었군. 이정도의 방어 능력을 가진 방패라면 말이지."

포타 노인이 흥미롭다는 듯 갑자기 나타나 자신의 공격을 막아낸 커서 방패를 바라보았다. 하지만 유정상은 아직 그가 공격했던 엄청난 기운이 자신을 덮치던 순간의 충격에서 벗어나지 못한 상태로 멍하게 있었다.

아마도 커서의 방패가 방어해 내지 못했다면 자신은 꼼짝도 하지 못하고 당했으리라.

물론 주코 역시도 입을 크게 벌린 채 멍하게 있었다.

"어떻게 한 거지? 분명 저 늙은이의 두 손은 그냥 가만히 있었을 뿐이었잖아."

주코가 황당하다는 듯 중얼거린다.

하지만 유정상은 이제까지 자신이 이네크의 반지로 그 힘을 이용했었으니 뭔가 어렴풋이나마 알 것 같기도 했다.

주먹의 기파를 이용한다는 것은 주먹을 휘두른다는 그 동작자체가 중요한 것이 아니라는 것을 말이다.

그제야 유정상도 눈앞의 이 작고 늙은 고블린이 전설의 무투가라는 사실을 믿을 수 있었다.

“자네에게 내 스킬을 전수해주지.”

그렇게 말하더니 앉은 자세로 손을 유정상에게 뻗었다.

공격의 의지가 담겨있지 않았으므로 커서 방패는 별다른 반응을 하지 않았다. 이어서 한순간에 강력한 에너지가 유정상을 뚫고 지나간다.

콰아아.

거대한 물줄기를 그대로 전신에 두들겨 맞는 느낌이랄까. 순간 전신의 감각이 깨어나는 기분이었다.

〈4권에 계속〉